La Reine des sirènes

La Reine des sirènes

François Thomazeau

l'écailler

Collection dirigée par Patrick Coulomb, Bruno Richard et François Thomazeau.
Inspirée par Laurent Carenzo.

ISBN 978-2-487085-02-2

Prologue
Cadaqués, décembre 1938.

Ce chemin, les deux hommes le connaissaient bien. Tout le village l'empruntait, tous les mois d'avril, pour monter au petit ermitage de Sant Jordi et y déposer des roses. Sinon, c'était un passage de caillasse et de ronces, construit voilà si longtemps qu'on ne savait pas trop par qui, ni pourquoi. Pour aller à l'ermitage, il était plus pratique aujourd'hui d'utiliser la route puis l'allée terreuse qui conduisait au portail. Mais ils avaient préféré monter par là, par cette voie plus discrète, plus intemporelle, par ce sentier oublié des hommes et des dieux où, pensaient-ils, personne ne les verrait, pas même leur conscience.

Ce Camin Viell de San Sebastián, chacun l'avait gravi, entre chien et loup, à la dérobée, pour aller retrouver Diane, là-haut, dans ce bois sacré de figuiers de barbarie érigés en totems, dont elle était la grande prêtresse. Le soleil couchant et la lune impassible avaient été les seuls témoins de leurs ébats.

Chacun des deux hommes se rassurait en caressant la crosse de son arme, fichée entre la ceinture et la peau. Personne ne parlait. Que dire ? Ce qui devait être fait devait être fait.

Mulligan était monté en éclaireur, désarmer les occupants. Diane était une bonne gâchette, mais de toute façon, elle n'aurait jamais osé tirer. Quant à son frère, ce n'était pas le genre. C'était un gentleman.

La carcasse blanche du bâtiment les avait surveillés pendant les deux tiers du parcours, mais ils entraient à présent dans le vallon sous l'à-pic d'où l'ermitage échappait à leur vue. Rien ne bougeait, ni les feuilles des arbustes, ni la terre sous leurs pas. Le monde s'était figé, aux aguets, dans l'attente.

Lorsque la bâtisse réapparut, elle était à deux pas. Mulligan les attendait sur l'esplanade, le fusil à l'épaule. Malcolm Radford se tenait à côté de lui, les bras croisés sur son plastron, l'air grave.

– Vous êtes donc les exécuteurs ? demanda-t-il.

Il s'adressait à eux dans un espagnol parfait, guindé. Il parlait aussi catalan, mais il n'allait pas leur faire cet honneur. Diane apparut, en retrait, sa silhouette empesée découpée dans l'ombre. Chacun s'interrogea sur l'avancée de sa grossesse. Mais que faire ? Que dire ? Que demander ?

Le maître de maison s'avança vers les deux nouveaux venus, un rictus figé sous sa fine moustache.

– Quitte à mourir, j'aime autant que ce soit vous, constata-t-il. Mais Diane souhaiterait dire une petite messe à ma mémoire avant que ne vous fassiez votre… devoir.

Ils le rejoignirent sur le seuil. Mulligan prit d'un air décidé la direction de la chapelle et tout le monde lui emboîta le pas, Malcolm Radford fermant la marche.

C'était une église de poupée, un parallélépipède coiffé d'une voute en briques, badigeonnée de peinture bleuâtre. L'autel était une simple table de pierre rugueuse, posée au cœur d'une niche ornée d'une peinture naïve du Christ, bordée de dorures baroques. À la droite de l'autel, un Sant Jordi en bois clair, monté sur un cheval cabré, combattait vaillamment un dragon pas plus grand qu'une couleuvre. Les murs étaient couverts de petits ex-voto bleus et mauves représentant des sirènes. Des peintures de Diane.

Elle s'agenouilla devant l'autel tandis que les hommes prenaient place sur le banc de bois. Elle se mit à psalmodier des incantations dans un langage connu d'elle seule, mais que la nature semblait comprendre car une brise légère s'immisçait par la porte entrouverte.

Elle leur tendit un verre de vin qu'ils partagèrent.

Elle demanda à chacun d'entre eux, sauf à son frère, de poser la main sur son ventre plein. Chacun s'exécuta. Sa peau était chaude, presque fiévreuse.

– Partez maintenant…

Ils redescendirent par le même chemin, Malcolm Radford ouvrant la route. La nuit tombait et les figuiers de Barbarie entamaient dans la pénombre une danse immobile. Le soleil s'enfonçait dans la soupe. Des soupirs de fumée remontaient des toits.

– Vous allez faire ça où ? demanda Radford.

– Ici, trancha Mulligan.

Ils abordaient la première maison du village, une grange isolée où personne ne venait en cette saison. C'était ici que Lorca, le poète, avait passé le printemps, voilà dix ans.

– Va te placer contre le mur.

Avant la guerre, chacun d'entre eux n'avait tiré que des lapins.

Les hommes mettaient plus de temps à mourir.

Radford s'appuya contre la façade de chaux, qui s'écaillait par plaques. Il ferma les yeux et pria.

Ils levèrent leurs armes et tirèrent.

1. Cadaqués, mai 2028.

Au réveil, je regarde la mer. Tous les matins. Le cri d'un goéland m'alerte, l'hésitation furtive d'un gecko sur le mur de la chambre. Rien ne change, sinon la lumière, toujours recommencée : argent, cobalt, souris, braise, fuchsia, selon les heures du jour. Et cette grappe de maisons blanches blotties au creux de la colline, tassées comme un reste de brousse au fond du pot de lait. Aussi blanches que le ciel, leurs volets plus bleus que la mer, où courent les ridules brossées par le garbi ou la tramontane. Le tout surligné par le cuivre volcanique de la caillasse.

Rien ne bouge sinon les cordes à linge, la structure métallique des auvents qui grincent comme des mâts de barques catalanes bousculés par le vent. Alex, le peintre sous les arcades, me l'a dit. Ici, ça souffle sans cesse ; la *tramontana* aussi mal embouchée que les hordes de touristes qui affluaient jadis. Et le *garbi*, tapi au large, qui lui renvoie la balle mollement. De toute façon, l'un et l'autre rendent fou. Chacun le sait ici. Dans la douceur de la sieste, sous la langueur des toits surchauffés, la folie règne. La mort parfois.

Ici, je ne ferme pas la porte à clef. Des fois, José, le vieux d'en-dessous, entre sans frapper. S'il ne me voit pas, il dépose ses vieilles salades poussiéreuses sur la table, sinon il les pend à la poignée de la porte, avec deux ou trois tomates difformes, un poivron borgne. Dans le patio, les plantes rampantes attaquent les murs, écorchent la chaux, leurs larges feuilles font l'aumône, il ne manque qu'un perroquet ou un vol de perruches pour compléter le décor. Sinon, il y a José, qui sort pour me parler de sa voix éraillée et me raconter les histoires et les projets de la *casa*, du *pueblo*, de la *carretera*. Je n'y comprends rien, j'assemble les mots épars et laisse béer les trous, les mystères, l'inconnu. On finit par se comprendre sans rien dire.

Quand je sors et que la rue me happe dans sa chape d'air plombé, je regarde si sa voiture est là. Si ce n'est pas le cas, c'est qu'il est descendu à son jardin, un lopin de sable et de mauvaises herbes encombré d'immenses figuiers de Barbarie, qui se dressent à la manière de tennismen au service et font peur aux oiseaux. Je descends « en ville ».

Le soir, j'entends les clameurs juvéniles du stade, je laisse passer une berline qui tourne dans la rue de la maison de Dalí, en bas à Port Lligat. Le petit bar sans nom, tassé autour des rudes carcasses des buveurs d'Estrella, farouchement nationalistes, ne se décide pas à fermer. J'attaque la volée de marches d'ardoise, bordées d'un blanc méticuleux. Je caresse la rampe jalonnée de rubans jaunes. Catalogne libre ! Les figuiers, les ficus poussent leur avantage dans les terrains vagues, les fossés, les maisons abandonnées. Une Vespa antique se rue en bêlant dans la descente. Une autre monte en beuglant en sens inverse.

L'étroite rue piétonne, pavée de lingots gris, démarre alors sa douce glissade jusqu'à la mer. Des mamans boliviennes papotent dans le jardin d'enfants, leurs bambins gambadent et s'accrochent aux balançoires. Une grosse vieille, un panier lourd à la main, en interpelle une autre et attaque la côte d'un pas balancé. Entre les deux rangées de maisons, à l'endroit où l'ombre barre la route au soleil, j'ai toujours la même poussée de spleen, qui disparaît trois mètres plus loin. Un fantôme rôde ici. Plus bas encore, l'escalier étroit du restaurant libanais attend patiemment le début de la saison. Les boîtes de nuit s'écaillent à la lueur du jour. Le portail du Tropical, entrebâillé, invite à la connivence. Sans les néons, les halos rouges et verts des spots, les reflets bleus du curaçao, le café a le charme éteint d'une guirlande électrique roulée dans un placard. Je risque un regard discret par l'entrée sombre de la Casa Marina. Dans la cuisine, deux femmes sans âge, le visage marqué par des années de grillades, découpent des crevettes, écaillent les poissons qui s'amoncèlent en un tas d'or. J'entre et demande si Paquito est là. Il vaque dans l'arrière-salle, celle des grandes occasions, se repasse des vieilles vidéos du Barça sur un écran immense en attendant l'ouverture. Des photos s'oublient sur les murs, Dalí bien sûr, des hommes sombres en habit de lumière, un ancien pilote de F1, des vedettes de la chanson espagnole, des acteurs français, anglais, grecs, américains. Sur la porte de l'entrée, un écriteau prévient : NO PAPARAZZI. Il n'en vient plus depuis longtemps. Dalí est mort depuis quarante ans, sa cour est partie avec lui. La crise, les pandémies et les guerres ont émoussé l'éclat de ce Saint-Tropez catalan que le village n'a jamais voulu être. Paquito est le cadet de trois frères. En quatre générations, la famille est passée de la contrebande frontalière à la viticulture, de la piraterie à la pêche au gros, de la culture aride de l'olive dans les restanques émaciées de la colline à la restauration huppée face à la mer.

Carlos, son frère, a tout acheté, racheté : un restaurant sur le *Passeig*, l'esplanade du front de mer, puis un autre à deux numéros de là, puis un troisième sur le quai qui bifurque vers le nord. Puis les vieilles vignes arrachées un siècle plus tôt par le phylloxéra, mais aussi les oliviers du col. Il dirige le club de foot, a posé sa marque, ses initiales partout en ville, sur son huile d'olive, son rosé à quinze degrés, son *vino tinto,* noir, littéralement. C'est un conquérant au sourire pétillant, qui présente sa pêche du jour comme une offrande, un trésor mystérieux qu'il aurait déterré du fond des mers. Il vous installe à table, la main sur votre épaule, retire la chaise derrière vous, remplace le mouchoir en papier par une serviette en toile. Vous n'êtes jamais n'importe qui. Il pose sur la table un plein panier de *pan con tomate,* un ramequin de poulpes tombés du bateau.

– Aujourd'hui, j'ai de petites tellines.

Ses fossettes se creusent, il se retourne pour s'assurer que la table d'à côté n'a rien entendu. Elles arrivent sous le manteau, serties dans leur bouillon clair, pépites à dépiauter, médaillons farcis de saveurs noisette.

On dit que c'est Paquito qui a les plus belles gambas. C'est vrai ! Elles vous regardent du fond de la poêle, translucides, diaphanes, comme si la cuisson les avait dévêtues, effeuillées, simplement préparées à fondre sous la dent. Je viendrai demain soir.

Du troisième frère, il n'est jamais question.

Au détour de la rue piétonne, dans le couloir court qui lui sert de boutique, la plus belle femme du village, Carmen, attend le chaland. Je lui prends une bouteille de rosé, juste pour échanger quelques mots, partager un peu de son temps. Ses cheveux ondulés ont la teinte chatoyante du sol, châtain-gris-blonds, au gré du pastel des nuages. Le nez fort, droit, divise son sourire en parts égales. Elle affiche sans effort, sans fierté, la beauté impassible de la Méditerranée. Elle brille de l'éclat foudroyant de la bienveillance. Elle est à l'image du lieu qui l'a vue naître, son émanation vibrante.

J'aime cet endroit parce qu'il réveille des souvenirs que j'ignorais détenir. Mes semelles glissent sur les galets disposés dans les venelles de la vieille ville comme si elles l'avaient toujours fait, les chats ne dressent pas l'oreille à mon passage. Ils me connaissent. Nul besoin de leur donner de nom. Le noir et blanc dort sur la selle du scooter. Le roux sur le perron d'une baraque en pente. Parfois, il roule sur les galets sans se réveiller. Sans oublier les pensionnaires de la maison des chats. Ils entrent, ils sortent, squattent la fenêtre, investissent le muret en face de l'église Santa Maria, attendent nonchalamment la sortie des fidèles.

L'église est trompeuse comme une sortie sans vent. À tout moment, la tempête peut rugir. Le badaud qui s'égare et se réfugie dans la pénombre du lieu saint risque de perdre pied lorsque la nef s'illumine et révèle soudain la cascade bariolée de l'autel sculpté, dégueulis de dorures, de gargouilles, de pêcheurs torturés, de saints au martyre, entourant une Vierge aussi belle que Carmen. La fureur enfouie sous la braise.

J'arrive sur le *Passeig*. C'est un terrain de boules qu'aucun bouliste n'a jamais foulé. En face, la statue de Dalí harangue cette foule absente, tourne le dos aux terrasses paresseuses du Maritim et du Bola Bar, jetées à même la plage. Les garçons courent d'une table à l'autre. S'il pleut, s'il vente, s'il neige, une halte s'impose au Casino. Nul n'y a vu le moindre parieur depuis que Marcel Duchamp a cessé de venir y jouer aux échecs tous les étés, assis au petit guéridon du fond, pas loin des toilettes. Les fenêtres du Casino résonnent de discutailleries entamées voilà des siècles, qui se poursuivent et se prolongent comme des sagas autour des bocs posés par terre, dans des relents lourds de vieux shit. Le même scooter va et vient et pétarade sans vergogne.

Le jeudi soir, le corps coupé en deux par les balustrades, des couples dansent le tango sur le toit et glissent sous le ciel bistre.

Je file vers l'ouest, évite le front de mer. Je titube dans les ruelles, vieux chat en maraude le long des façades crépies. Je longe le petit café Mut, aux horaires aussi chaloupés qu'un reggae, puis la grande maison bleue peinte par Dalí. Sur la plage de gravillons se repose toujours un couple, un nageur intrépide, une petite fille rose dans une jupe de crépon, un cours de dessin, un bataillon de kayakistes, des randonneurs à la godasse lourde, le regard bien droit, le bâton bien planté.

C'est là, dans un buisson, planqué, enseveli, dissimulé, oublié, que se dresse le plus curieux monument du village. Un buste, une silhouette, un parpaing, préservé des regards, loin, si loin du *Passeig*, de la vie, de la statue de son ami de jeunesse : sur la pierre grise, ces simples mots : FEDERICO GARCÍA LORCA 1925-1927. Le poète a passé deux printemps ici. Mais il ravive trop la cruauté derrière la carte postale, les fractures nationales, pour mériter de trôner ailleurs, « en ville ».

Ici, il écrivait : « Je pense à Cadaqués. C'est là, à mes yeux, un paysage éternel et actuel, mais parfait. L'horizon s'y élève construit comme un grand aqueduc. Les poissons d'argent y sautent pour capturer la lune. »

Ce totem anguleux, comme tombé du ciel, s'ouvre sur un sentier ignoré des touristes, méconnu des autochtones. Le *Camin Viell de San Sebastià*. Il trace droit dans la montagne, vers un ancien ermitage. Des centaines d'années, des centaines de mains l'ont façonné, pierre plate après pierre plate, et un mur de tuiles grimpe au milieu des herbes rases, des figuiers squelettiques, des grappes d'oliviers, des cactées. Je n'y ai jamais croisé personne, à croire qu'il ne s'offre qu'à celui qui veut bien le trouver. Il monte tout droit au ciel. Et de là-haut, je vois mieux encore que de ma terrasse le château de cartes de mon village de rêve. Le regard porte jusqu'au bout de cette Méditerranée que Cadaqués englobe comme une boule à neige.

Aujourd'hui, j'y vois surtout la guerre. Elle prend la forme des nuages écartelés qui déambulent autour du cap de Creus en étirant leurs silhouettes de fantômes démobilisés. Ils sont les résidus de la fumée de leurs dernières cigarettes, la poussière dérivante des centaines de tonnes d'obus, de bombes et de missiles qui se sont abattues le long du littoral, de l'autre côté de la frontière. Ils sont les âmes à jamais perdues d'êtres chers, de parfaits inconnus, broyés tous ensemble dans la folie des hommes. Cette déraison congénitale dont la vie n'est qu'une brève accalmie, un cessez-le-feu plus ou moins nourri. Mon esprit s'envole vers ces villes dont je ne sais plus si elles ont encore un nom, vers ces rues qui ne vivent plus que dans mon souvenir, vers ces allées, ces cafés, ces salons, ces chambres où je ne remettrais plus les pieds, où je ne trouverais jamais plus le sommeil, le répit ou l'amour. Tout au fond de l'horizon, j'imagine comme un liseré qui borde la surface de la mer et en fait un luisant linceul d'or et d'argent.

Tout est si calme ici, même le vent souffle en sourdine. Comme si ce chemin était à l'abri, gardé par quelque génie bienveillant, protégé par l'éternité du silence. Quand le soleil se glisse derrière la découpe hirsute d'un figuier, l'œil cligne et l'esprit peut imaginer la silhouette d'un guerrier qui s'effondre, ou tend les bras vers le ciel pour implorer les dieux. Mais non, la guerre n'est même pas aussi grotesque que cette forme Dalíenne, elle se contente de sentir la poussière, la fumée, la brûlure et le fumet métallique du sang.

Je ne sais pas si je retrouve l'espoir en venant ici. La paix, oui. La paix d'avant les hommes. La seule finalement qui vaille.

Ici, je peux me concentrer sur de petites choses. La forme d'une pierre. La course furtive d'un insecte. L'ombre tordue d'un muret. Le reflet du soleil sur une fenêtre. Ici, mes mains sont noueuses comme les troncs des oliviers. J'ai l'impression qu'en cas de besoin, elles pourraient à nouveau servir à quelque chose. Je retarde le moment de dévisser ma gourde, d'y porter mes lèvres et de laisser couler l'eau fraîche le long de ma langue, dans ma gorge.

Je ne monte jamais trop haut, très rarement jusqu'à l'ermitage. Voilà des années qu'il est en vente. L'affiche accrochée à la porte a pâli, harcelée par les bourrasques et les orages monstrueux. La belle résidence d'été de la famille Radford – qui avait racheté l'endroit dans les années 1910, voilà plus d'un siècle – n'a pour seuls visiteurs que la tramontane et les trombes acides.

Ce chemin n'appartient qu'au présent. Il ne bouge pas. Il ne va nulle part. Un chemin immobile. Quoi de plus reposant ? Voilà à quoi j'aspire pour l'instant.

Ne me demandez-pas pourquoi la guerre n'est pas venue ici. Au pied du chemin, la statue de García Lorca démontre le contraire. Ils sont venus. Elles sont venues. La mort n'a ni quantité ni genre. C'est une vague rase qui déferle et enserre, piège, hameçonne, déséquilibre. On tombe, on se raccroche à ce qu'il reste de solide. Pour combien de temps ? La guerre est venue ici, jadis. C'est sûr. Personne n'en parle jamais. Ça ne colle pas dans le paysage. Mais elle s'invite où bon lui semble.

Ici, sur ce chemin de muletiers, elle n'a pas laissé d'empreintes. Pas d'odeur, pas d'aura. Elle n'a pas empuanti l'air d'une menace indélébile.

La vieille caillasse sait que je suis un intrus, que je n'ai rien à faire ici. Que je n'aurais jamais sa patience, sa beauté ocre, son usure satisfaite, sa patine replète. Je ne fais que passer. Elle le sait et elle s'en fout. Elle m'accepte avec un fatalisme désarmant, apaisant, comme celui des gens d'ici. Mes amis malgré moi, malgré eux.

2. La ville sans nom, mai 2028. Carnet de Bruno.

Un an. Un an déjà. Tout est allé si vite. Un an pour tout perdre, un an de désillusions, de revers. Pourtant, je nous revois, après les élections, au cœur des manifs immenses répandues dans le cœur de toutes les grandes villes, et cet espoir qui montait. Le peuple avait voté pour notre pire ennemi, pour notre pire cauchemar, mais c'était peut-être justement l'étincelle que nous attendions tous pour enfin embraser la nation, changer la vie, changer le monde. La démocratie avait une fois de plus fait la preuve de sa faiblesse, de ses insupportables limites. Elle avait porté Hitler au pouvoir en 1933, et tant d'autres dictateurs plus ou moins policés, qui se réclamaient de sa légitimité dévoyée. Nous avions compris, depuis le temps, que nous n'arriverions jamais au pouvoir par le vote. Élections, pièges à cons, l'idée n'était pas neuve.

Et oui, cent fois oui ! C'est une révolution qu'il fallait, parce qu'il y avait urgence pour sauver le pays, pour sauver le monde, pour sauver la planète. Alors le peuple s'était levé, le peuple, le vrai, pas la petite bourgeoisie rance qui avait choisi la haine, le dégoût des autres et le repli sur soi. Étienne le répétait souvent : le peuple, c'est nous, ce sont les nôtres, ceux qui n'en peuvent plus, ceux qui veulent le changement et qui le veulent maintenant. Le peuple, ce ne sont pas les riches, les profiteurs de la crise, les parvenus, ce ne sont pas les petits arrivistes à la botte des grandes entreprises, les cadres au service de la technologie dominante et envahissante, ce ne sont pas les valets de l'oligarchie. Le peuple, c'est nous, le peuple, c'est moi.

Je sais bien qu'Étienne et ses proches, ceux du premier cercle, avaient discrètement théorisé ce moment, cette dernière chance, puisque tout le reste avait échoué. L'extrême-droite au pouvoir et le peuple, enfin, se soulèverait. C'était écrit, c'était inévitable. À nos partisans s'ajouteraient, nous n'en doutions pas, les sans-voix, les déçus, les exclus, la masse des abstentionnistes qui ne se reconnaissaient plus dans la politique et ses représentants, l'immense masse de ceux qui ne parlaient jamais, ne votaient jamais. Ceux à qui l'on mentait sans cesse, sans relâche.

Nous étions prêts, partout dans le pays, à allumer les mèches de la révolte, de l'avenir et d'un monde nouveau. Et nous avons presque réussi.

Nous avions seulement sous-estimé l'adversaire. Lui aussi avait écrit ce scénario, lui aussi avait imaginé ce que nous préparions. Et, je suis triste, infiniment triste de le dire aujourd'hui, le gouvernement avait de son côté bien plus que la police et l'armée. Le peuple, une grande partie du peuple était de son côté. Un peuple collabo. Soumis. Lâche. Haineux. Désespéré et prêt à tout.

Nous n'avons rien vu venir quand ils ont déclaré l'état d'urgence.

Nous n'avons rien vu venir lorsqu'ils ont interdit nos partis, nos syndicats et emprisonné les meilleurs d'entre nous.

Nous nous sommes laissés entraîner dans ce qui ne fut bientôt plus une révolte, plus une révolution. Mais bien une guerre. Et nous n'étions pas armés pour cela.

3. Cadaqués, mai 2028.

Je suis d'abord venu à Cadaqués en touriste. Voilà longtemps. Je sens encore au détour d'un chemin de terre, au hasard d'un coin de rue, cette odeur mêlée de chichi et de Piz Buin, de glace crémeuse et de monoï. Le village est un écomusée du tourisme, avec ses grandes maisons bourgeoises emberlificotées plantées audacieusement face à la mer, bâties à la Gaudí au début du XXe siècle pour de riches médecins, de notables avocats ou des négociants enfiévrés de Barcelone ; ses vieux hôtels Sixties comme transplantés d'une île grecque, avec leur lettrage bleu tracé à la main ; ses terrasses envahissantes, ses pontons avachis, ces villas discrètes disséminées sur les hauteurs. Ses tavernes aux murs tapissés de vieux clichés. Ses agents immobiliers en tongs, ses serveurs boliviens fiers et distants. Et partout, tout le temps, sortant de l'eau moirée comme si elles y passaient la nuit, des naïades dans le plus simple appareil, offrant leur peau à la nonchalance infinie du rivage.

C'est un endroit secret mais sans pudeur, intimiste et clinquant, luxueux et populaire, patiné par le souffle émerveillé, gorgé d'alcools sucrés, de décennies de visiteurs. J'y ai toujours respiré une énergie venue du fond des tripes. La sensation de faire corps avec les murs, avec les galets encastrés dans le sol, avec les gens qui passent la tête à la fenêtre, avec les vieilles qui ronchonnent et connaissent chacun par son prénom. Je ne serai jamais d'ici et pourtant j'en viens. Je ne pouvais pas me réfugier ailleurs.

Je plains ceux dont l'exil est moins choisi. Le monde s'est replié sur lui-même, chacun chez soi. Cadaqués est un cocon ouvert sur l'univers. Il n'y vient plus grand monde depuis les pandémies, les guerres, le lent crépuscule qui s'est abattu sur nous.

Le village a toujours abrité des fuyards discrets, des malfrats en cavale, des politiciens corrompus ou déchus. On ne pose pas ici plus de question qu'en Corse ou en Sardaigne. Cadaqués est une île, comme l'est la ville dont je viens.

4. La ville sans nom, mai 2028.
Carnet de Bruno.

Tout est perdu. La Commune a rendu les armes et le gouvernement a repris la Préfecture. On dit que les nôtres qui se sont rendus là-bas ont été abattus sur place. D'après Étienne, qui reste en contact avec nos informateurs, quelques poches de résistance subsistent dans les quartiers, là où jadis se trouvaient les points de deal et où les jeunes étaient organisés. Mais à quoi bon ? Les vieilles kalashnikovs ne pèsent pas bien lourd face aux tirs de mortiers. Et nous n'avons plus de munitions. La ville est encerclée et le gouvernement est prêt à tout raser s'il le faut, comme il l'a fait aux abords de la capitale, en tirant des missiles sur des immeubles d'habitations censés abriter des « rebelles ».

Il ne reste que nous ici, réfugiés dans cet ancien mouroir sur la colline, avec les derniers fidèles, ceux de la Colonne Marceau. Étienne dit qu'il est prêt à négocier. Il va falloir transiger, pour éviter de nouveaux bains de sang, une répression impitoyable.

Tout à l'heure, il va enregistrer un message que nous diffuserons sur les réseaux sociaux. Mais il faut d'abord qu'il parle avec eux, savoir ce qu'on peut obtenir, ce qu'on peut encore sauver.

Les derniers contacts ont été autant de fins de non-recevoir. Ils veulent faire des exemples. Partout. Frapper les consciences. Nous tuer tous. Jusqu'au dernier.

5. Cadaqués, mai 2028.

Alex peint des hommes sans tête qui jouent aux boules sur le Passeig. Avec ces têtes qu'ils n'ont pas. Il peint des hommes en noir avec des chapeaux qui rôdent dans les ruelles et assassinent des grosses femmes. Il peint la folie sage qu'insufflent la tramontane et le garbi. Il travaille moins depuis « la guerre », les temps ne sont propices ni à l'art ni à la rigolade, et les touristes de l'autre côté ne viennent plus lui acheter ses toiles, mais il a gardé ses contrats avec la presse américaine et fournit régulièrement au *New Yorker* ou à *Harper's* des dessins impressionnistes sur cette Europe que les Américains aiment autant détruire que révérer.

– Cadaqués, ce n'est que du vent. Si tu ne comprends pas ça, tu ne comprends rien. Les maisons ont été bâties par et pour le vent, les bateaux s'en abritent dans la rade. Les gens sont comme le vent, insistants et fuyants, chauds et insaisissables.

Nous sommes à mi-course d'une bouteille d'un rosé à quinze degrés, une production des trois frères. Comme pour le confirmer, un courant d'air vient nous bousculer. Il n'y avait pas un souffle deux secondes plus tôt.

– D'ailleurs mes parents m'ont donné comme deuxième prénom Rafael, il n'y a pas de hasard. Comme rafale en français, *rafega* en catalan. Je suis un fils du vent.

Alex s'étonne que le village attire encore autant de monde. Bien sûr les visiteurs ne se bousculent plus depuis qu'on a fermé la frontière, mais il en vient quand même, ceux de toujours, ceux de jadis, de Gérone et de Barcelone ou de l'Espagne voisine. Entre eux, une paix méfiante s'est installée. Ils ont réglé leurs affaires un peu plus raisonnablement que nous, qui l'eût cru ?

– Je n'ai jamais compris pourquoi les gens sont attirés par Cadaqués. Il ne fait jamais beau, ce n'est pas un endroit où tu peux te poser sur la plage pendant des jours d'affilée. Toujours le vent va venir, avec lui les nuages et la pluie. C'est un cycle infernal qui se répète sans cesse, chaque semaine : trois jours de soleil, deux jours de tramontane, deux jours d'orage et de garbi. Et ça recommence…

Je lui ferais bien remarquer que c'est un rythme qui ressemble à celui de la vie. Mais il le sait mieux que moi. Et ce qui attire ici, ce n'est pas la plage, pas seulement ça. Ce n'est pas non plus Dalí, ou l'architecture, ou la douceur de vivre. C'est justement cette folie en trompe-l'œil, ces secrets qui se cachent si peu qu'on ne les voit pas.

Nos verres de *rosat* se moirent d'une légère buée, comme celle qui monte tous les soirs derrière la colline et plane au-dessus de l'ermitage. Alex a besoin de réveiller les monstres, les mystères. C'est son travail, son imaginaire. Il doit nourrir ses dessins, ses bédés, sa peinture. Avec sa barbe en bataille navale, il s'incarne en descendant des boucaniers qui vivaient ici. La ville n'en est pas peu fière. Frontalière, inaccessible, calfeutrée dans sa rade, elle était la base arrière idéale pour les pirates, les contrebandiers, les aventuriers. C'est aussi cela que Dalí était venu chercher ici, la noirceur aveuglante du soleil sur les murs blancs, les non-dits, le rouge-sang des bougainvilliers, la douceur mauve des fleurs de figuiers dans leurs écrins d'épines, les sirènes et leurs chansons muettes. La ritournelle entêtante du vent dans les voiles, les piaillements des filins, les soupirs au retour de la pêche.

– Regarde-nous, assis à ces terrasses, ou le dos calé au mur froid des tavernes, nous sommes aussi complices que des conspirateurs, aussi joviaux que des soudards partageant leur butin. Jadis, nous pillions les bateaux étrangers qui passaient au large. Aujourd'hui, c'est pareil. Nous avons construit une route à travers la montagne pour les attirer à nous, mais nous les détroussons tout pareil. Tu devrais te méfier.

Je n'en ai pas besoin. J'ai sans doute été longtemps un touriste, dans ces jeunes années passées de bar en bar, de bras en bras, de plage en plage. Avec le temps, j'ai un peu trouvé ma place. Après tout, sait-on d'où viennent les chats errants de l'église ? D'ici, d'ailleurs ? Je suis un peu comme eux. Apatride. Réfugié. J'apprécie que les gens d'ici ne me disent rien, ne me demandent pas grand-chose. Ils savent qui je suis, ce que j'ai fait. Je ne sais pas s'ils s'en moquent. Ils ne veulent être ni juges, ni bourreaux. Peut-être que leur profond sentiment d'appartenir à une nation niée, oubliée, presque perdue, les a rendus plus ouverts aux âmes errantes, aux exilés. Qui sait ?

– Demain, je sors le bateau. On se fait une crique ? On ramène quelques poissons ? J'ai vu des beaux sars à proximité du phare. On n'en voit pas si souvent. Mon grand-père disait qu'ils se rassemblent au printemps sur les rochers et les récifs pour copuler. Une grande partouze aquatique ! Et en plus, les mâles deviennent femelles en vieillissant. Comment veux-tu que nos mœurs ne soient pas suspectes !

– Volontiers. Ça fait longtemps que je ne suis pas sorti en mer.

– Ça fait toujours du bien à la tête. Toujours.

Alex est comme les autres. Il ne me demande rien. Peut-être sait-il que je dois vivre au jour le jour, au présent. Peut-être sait-il déjà tout sur moi. Les villages ont tous leur service de renseignement parfaitement huilé, parfaitement informé. J'ai toujours l'impression d'être hors du coup, de n'avoir pas été intronisé. Que chacun se parle en langage codé et se joue de mes rudiments de catalan pour ne me dire que le strict nécessaire.

Je sais qu'Alex a vécu à Londres, à Paris, je sais que Mulligan, qui tient le pub de la rue piétonne, est d'origine irlandaise, qu'il a été trader à Chicago. Je sais que Franco, l'agent immobilier, a deux filles aux États-Unis. Je sais que Paquito et Carlos vivent une partie de l'année à l'autre bout du monde, à Madagascar. Pour se cacher de quoi, de qui ?

Cadaqués est une carte postale peuplée de gens qui ont appris à se taire. Le franquisme a eu beau disparaître voilà un demi-siècle, le mutisme, la discrétion, la méfiance bienveillante sont inscrits dans les gènes.

Je n'ai personne à qui parler vraiment. Mais cela ne me gêne pas. Au contraire. Je n'ai plus rien à raconter. La vie est un récit. J'en ai déchiré le manuscrit. Les pages se sont envolées aux quatre vents, j'espère qu'aucun ne les ramènera. Je n'espère plus qu'une longue et paisible solitude.

Alex, lui, attend le chaland. Les toiles qu'il réserve aux touristes ne trouvent plus preneur. Elles tapissent les murs de sa galerie d'un village qui n'existe que dans sa tête. Des frises de nageurs qui longent la côte. Des paquebots immenses garés dans la rade minuscule. Des tueurs maigres et des grosses femmes en jupons. Il rêve un Cadaqués qui n'existe pas plus que le fantasme que j'en ai. J'essaie de ne plus rêver la nuit d'un pays qui n'est plus le mien.

6. La ville sans nom, mai 2028. Carnet de Bruno.

Les nouvelles qui nous viennent des quatre coins du pays sont de plus en plus mauvaises. Les quelques communes qui avaient été établies dans les grandes villes ont été démantelées, leurs leaders, nos camarades, passés par les armes. Et les forces les plus extrêmes du gouvernement poussent chaque jour leur avantage… Nous tenons là, disent-ils, une occasion unique, inespérée, de raser ces zones de non-droit qui proliféraient avant leur arrivée au pouvoir et qui se sont soulevées pour s'opposer au «choix démocratique du peuple». Et ils ont commencé. Près de la capitale, la dynamite et les pelleteuses ont entamé leur œuvre d'épuration. Impossible de savoir ce que deviennent les sans domicile, les déplacés : les contacts qui nous restent là-haut nous disent que des camps de fortune sont en train d'être montés à la va-vite pour parquer «les rebelles, les émeutiers et les indésirables». Les ennemis de la République…

Il n'a fallu que quelques mois pour que s'effondre l'espoir. Je me dis aujourd'hui que nous avons mal jugé la situation. Au fond, nous l'attendions tellement, cette insurrection, celle qui devait renverser une pseudo-démocratie à bout de souffle et noyautée par les forces de l'argent. Nous avons pensé pouvoir la contrôler, la canaliser, la transformer en une nouvelle révolution annonciatrice de lendemains heureux. Je me souviens que Marceau était réticent. «Je suis un poète, disait-il.

Et n'oublie pas, me confiait-il, que les révolutions se font toujours contre la volonté de la majorité, sinon par définition, elles sont inutiles. » Mais il s'est quand même rangé de notre côté. Il fallait choisir son camp. Nous pensions que le pays était avec nous. Était-ce le cas ? J'en doute aujourd'hui. La colère et la haine avaient créé trop de fractures irrémédiables, trop d'antagonismes. Et si les nôtres rêvaient d'en découdre, c'était aussi le cas d'une grande partie des officiers de l'armée et de la police. Et ils n'étaient pas de notre côté.

Je revois en m'endormant l'image de cette tour qui s'effondre avec ses habitants dedans. Démolie sciemment par nos ennemis avec les femmes et les enfants. Dieu reconnaîtra les siens. La guerre est une abomination, la guerre civile la plus abominable de toutes.

Étienne a pu échanger par texto avec leur ministre de la « Réconciliation nationale ». Aucune négociation possible. Ils exigent la reddition absolue. Ils discuteront après de ce que nous allons devenir. La presse de leur camp est assez claire. En tant qu'inspirateurs d'une rébellion armée contre un gouvernement démocratiquement élu, nous sommes coupables à leurs yeux de haute trahison. Et l'une de leurs premières mesures après l'état d'urgence a été de rétablir la peine de mort.

7. Cadaqués, mai 2028

Sur le bitume, les silhouettes de petits bonshommes blancs esquissés au pochoir attaquent la côte. Je les suis comme leur ombre. Je ne suis que leur ombre. Elles me ramènent chez moi. Elles ont été tracées là pour protéger le piéton que je suis des assauts désordonnés des vieilles Vespas qui vrombissent dans tout le village. Cadaqués est le paradis des scooters, voilà qui en fait encore de la Méditerranée en tube. Au mètre carré, il y a plus de vieux Piaggio déglingués qu'à Palerme ou à Naples. Les gens d'ici ne les bichonnent pas. Ce ne sont jamais de fières rossinantes lancées à l'assaut des moulins. Juste des mules bêtes à hurler du son. Le grabuge de la vie qui va et vient, modulé à la main par les poignets gras et velus qui lancent le bêlement des moteurs dans les raidillons, les venelles cabossées, les ruelles galetées.

L'escalier abrupt qui mène au stade est mon exercice de cardio quotidien. Je l'attaque, les bras lestés de bonbonnes d'eau minérale (l'eau de Cadaqués me donne la courante), de litrons de rosés, de boîtes de poulpe, de seiches, de calamars, de pieuvres, de supions, de tous les organismes tentaculaires domptés par le fer blanc que je ramène de mes courses.

Sur la rampe, des rubans jaunes s'agitent mollement, réclamant encore cette indépendance déjà acquise. Je ne veux plus penser à tout ça. La nation, la patrie, la terre. Je suis comme les petits bonshommes effacés sur la route. Je marche toujours, je n'arrive nulle part. La marche en avant est un destin en soi. C'est le sens de la vie. Marche ET crève.

Quand je passe la porte de la maisonnette dont j'occupe un étage, le vieux José est en bas, occupé à ces mille tâches qui font l'existence, la vraie. Nettoyer, réparer, concevoir, récurer, dépiauter, dévisser, serpiller, briquer, repeindre, repenser.

Il lève les yeux vers moi, se déplie autant qu'il le peut.

– Hola amigo, te he traído algunas verduras del jardín. Espérame dos minutos, estaré arriba.

– Si, si…

Parfois, je comprends tout ce que dit José. Parfois rien. Quelle importance ?

Il se redresse comme s'il avait oublié quelque chose. M'envoie un regard inquiet. Ou sceptique.

– ¿Lo has visto? La guerra ha terminado.

Je sursaute, comme si une vieille crampe se réveillait.

– ¿Guerra? ¿Qué guerra?

José hausse les épaules, s'enfonce dans son garde-manger.

– ¿Su guerra? ¿Qué guerra?

Ce n'est pas ma guerre. Ce n'est plus ma guerre. José le sait, mais il sait aussi que je me suis coupé du monde, coupé des « nouvelles ». Que je n'ai plus de télé, plus de téléphone.

J'enjambe les quelques marches qui me séparent de mon appartement. Je pousse la porte. Un gecko se fige sur le mur d'en face.

L'été approche.

J'entends le souffle court de José dans l'escalier. Le froissement du sachet plastique sur la rampe.

– Tiens, mon ami.

– Merci.

Je ne sais pas pourquoi, je me sens obligé d'y revenir. Comme un dernier grattage compulsif sur la plaie.

– Si la majorité des gens de ton pays défendent des idées qui te sont insupportables, est-ce toujours ton pays ?

José ouvre des grands yeux, pose le sachet sur la table. Les poireaux cherchent à s'enfuir, les tomates à s'ébattre, les poivrons gardent les pieds sur terre. Une salade céladon se vautre au milieu du plastoc.

– Si la mayoría de la gente de tu país tiene ideas que te resultan insoportables. ¿Sigue siendo su país?

José soupire et se gratte la tête. Puis il la secoue comme s'il égouttait la salade.

– Lo que cuenta no es la gente. Es la tierra.

La terre, la terre… Alors, si c'est vrai, c'est bien ce que je pense. Je suis ici chez moi. Cette terre me parle. Elle exerce sur moi un attrait magnétique. Ce qui me rattachait à *ma terre, My fucking land,* c'étaient les gens, justement… Mes frères, mes sœurs, mes amis, mes amants. Ils ont disparu devant moi, devant mes yeux. Ils se sont transformés en autre chose. En monstres. Ou alors, c'est moi. Mais l'issue est la même. Partir. Trouver une terre où pousser à nouveau. Mauvaise herbe.

– Lo que cuenta es la tierra. Y lo que produce. Somos productos de la tierra.

Et pour bien appuyer son effet, José plonge la main dans le sachet, en tire une tomate énorme, difforme comme les grosses femmes dans les bédés d'Alex. Une tomate frappée d'éléphantiasis, avec un énorme cul boursouflé, le dos courbé, et un cou sans tête coiffé d'une touffe verte.

José contemple le fruit et se met à pouffer.

Et moi donc ! Voilà ce que produit notre putain de terre…

– No es bonito, pero es bueno. Eso es lo que cuenta. Qué bien. El sabor.

La beauté du diable. La bonté de Dieu. Qui sait ?

La guerre est finie ?

Jamais.

Jamais.

8. La ville sans nom, mai 2028. Carnet de Bruno.

L'explosion a été terrible. Une secousse ressentie dans toute la ville. J'ose à peine dire son nom depuis que le gouvernement l'a rebaptisée. Nous sommes montés sur le toit du mouroir pour voir... Ils ont fait sauter les trois barres d'immeubles où s'organisait encore la résistance. Ne reste à la place qu'un terrain en friche et des gravats jonchés de cadavres. Le spectacle me rappelle les images noir et blanc de 1943, les dégâts irréparables causés par les Allemands, les populations laissées à l'abandon parce qu'étrangères, juives, crapuleuses. Le même discours de haine produit les mêmes effets.

Je crois que c'est cela qui avait poussé Marceau à nos côtés. Lui qui n'aimait pas Étienne, lui qui n'aimait guère nos idées et nos objectifs de prise du pouvoir. Il ne pouvait supporter de voir sa ville, de voir tout le pays ravagé, anéanti au nom de la pureté. La pureté ! Éternel recours, ultime prétexte des assassins de masse.

Je repense à certaines des tribunes de Marceau, à certains de ses textes, de ses poèmes, de ses chansons, de ses slams, diffusés sur les messageries codées, sur les réseaux sociaux avant qu'on les interdise, sur papier sous le manteau. On n'arrête pas les mots, on n'arrête pas la voix de la vérité, de la compassion et de l'amour. Elle vole dans le vent.

Je me demande où il est. Je crois savoir.

Le doux poète, devenu l'ennemi public numéro 1.

Ce matin, Étienne a appelé à rendre les armes. À cesser les hostilités. Pourquoi mourir jusqu'au dernier ? C'est fini. C'est foutu. C'est trop tard. Ce n'était plus une guerre, mais un massacre.

Ils n'ont pas répondu. Le massacre leur convient, leur haine et leur rancœur ne seront pas assouvies avant qu'ils aient assassiné, broyé, déporté tous ceux qui leur résistent. Sauvons les vivants, les survivants. Ils seront les combattants de demain.

Quel sort nous attend désormais ?

La mort ? La prison ? L'exil ?

9. Cadaqués, mai 2028

J'aime aller à la plage au petit matin. Par le chemin de terre qui file au milieu des oliviers. Loin du littoral, dans cet hinterland qui n'appartient qu'à ceux d'ici. Aux terriens. Quand j'étais plus jeune, que je venais ici en vacances, j'avais écrit un poème sur ma plage préférée. Un des premiers poèmes qui m'ont fait connaître.

Platja d'en Pere Fet

Le soir se pose comme un bras
Sur le vinyle en contrebas
Quand le soleil se polydore
D'un cercle rouge et or.
Et d'un léger clignotement,
Il fait ricocher de diamants
Le cuir aux mille et un soupirs,
Qui jusqu'à l'horizon expire.
Allez, il est l'heure de rentrer,
De replier les parasols,
De regagner les camisoles,
De s'accoutrer.
Sous le lin, la peau irascible,
Se dérobe et se rubéole,
Le sel lui fait des auréoles,
De légers suçons indicibles.
C'est l'heure où tous les gras du bide,
Les trop velus, les trop livides,
Regagnent un peu d'humanité,
Dans la morsure d'un long été.

Sur un paréo s'évapore
Une beauté, qui tente encore
De retenir le jour qui flanche,
D'un discret balancer de hanches.
L'abandon est un souvenir,
Un mirage à redéfinir,
Lorsque sortira la journée
De son apnée.
La nuit est là en un clin d'œil
Elle promet des rêves en tapas,
Des rosés frais sur les terrasses,
Pour faire le deuil.

La Platja d'en Pere Fet est blottie au détour d'un de ces chemins de terre que ceux d'ici n'ont pas jugé utile de paver. Elle forme une petite crique parfaite, en demi-lune, lovée dans un écrin de pins parasols, cerclée d'un muret discret de pierres sèches. Le chemin des contrebandiers la traverse et les randonneurs écrasent leurs croquenots sur des galets à ricochets, matant d'un œil discret les baigneuses impassibles. Ce sont deux mondes qui se traversent et s'ignorent. Deux espaces temps.

La plage est pour moi un rituel, une plongée quotidienne dans le baptistère que nous prête si gentiment le monde. Je fais mon paquetage avec soin. Un vieux sac en toile avec une bandoulière de corde dans lequel je dépose une serviette, une paire de méduses en plastique, un caleçon sec, un peigne, une bouteille d'*agua sin gas*, un livre et mon vieil appareil photo. Je descends à la plage chaque jour que Dieu m'accorde et pourtant j'y découvre chaque jour quelque chose de nouveau. Un galet, un coquillage, un reflet, une couleur sur l'eau, un oursin, un poisson, un bateau, une sirène.

J'ai dévalé les marches disjointes jusqu'aux premiers galets. Le soleil rasant glissait sur le tapis limpide de la mer. Mon regard, coupé en deux par un rai de lumière, a aperçu un mouvement au cœur de la crique. Une sorte de buée montait des flots et le corps nu et rose d'une jeune femme se découpait sur le décor noir et blanc des arbres et des rochers en ombres chinoises. Ce tableau préraphaélite, lumineux et brumeux, m'a pris de court. Fasciné. J'ai jeté la main dans mon sac et sorti mon vieux Lumix. Bouchon, réglages, clic, clic… La sirène disparaissait dans la mer. D'un *splash* discret, elle s'est perdue dans une vague. Clic, clic. Sa chevelure s'est allongée comme une algue, s'est répandue comme une traîne. Le soleil lui faisait de l'œil. Au moment précis où il s'est ébroué pour s'arracher à la surface de l'eau, elle a disparu. Clic, clic.

Je l'ai cherchée du regard. Plus rien. Même pas une ondulation. J'ai posé le sac et la serviette près du muret, à l'endroit où je les pose toujours. J'ai enfilé mes sandales en plastique et je me suis élancé sur les traces de l'apparition. La mer était douce, amniotique, moirée de cette étrange odeur de chichi et de Piz Buin. J'ai nagé jusqu'aux premiers rochers.

Rentré à la maison, je me suis séché, j'ai pris une douche, j'ai mangé une tranche de fromage avec du *pan aleman*. J'ai sorti l'appareil du sac pour visionner les photos. Rien. Pas une ombre, pas une esquisse, juste une série de halos gris, comme si l'objectif avait pris l'eau.

10. Cadaqués, mai 2028

Chez Paquito, on ne parle que de ça. *La guerra ha acabado. La guerra s'ha acabat. The fucking war is over. Der Krieg it vorbei.* La guerre est finie. Paquito a eu la délicatesse de me caser dans un petit coin discret, à l'abri des discussions, des paroles d'experts, des considérations enfiévrées. Un Anglais imbibé et sonore s'inquiète du retour des touristes.

– *The fuckin' bastards will soon be all over the place!*

Les places sont chères chez Paquito, même en ces années de disette touristique. Les photos punaisées sur les panneaux de liège riment avec *vintage*. Floues, pixélisées, bougées, yeux rougis, teints blafards ou rubiconds. La plupart des chanteurs de charme et des joueurs de foot qui étreignent le patron ou la patronne sont morts, ou moribonds.

Ici, il faut réserver. Pas par téléphone, encore moins par Internet. En personne. La veille ou l'avant-veille. Et Paquito décide du jour et de l'horaire, à la tête du client. Mais moi, j'arrive, et il me trouve toujours un tabouret dans un coin sombre, où il m'observe à la dérobée, d'un regard de paisible commisération. Je vois bien qu'il essaie d'obliger les convives cosmopolites de la grande table près de la cheminée à mettre un peu la sourdine. Il chuchote.

– *First we need to reopen the border.*

L'Angliche hurle :

– *But you will my friend, you will. You need their fucking money!*

Pas sûr que la monnaie de mon pays vaille plus que des kopeks ou des roupies aujourd'hui, probablement moins, maintenant qu'ils ont abandonné l'euro. Heureusement que mes droits d'auteur étrangers me permettent de vivre. Et mes « économies ».

Je n'ai pas à réserver, je n'ai pas à commander non plus. La femme de Paquito choisit mon menu. Elle choisit tout le reste, d'ailleurs.

Paquito est bien incapable de se faire cuire un œuf. Il n'est qu'un gros pantin dont elle tire les ficelles d'un air sévère. Mais elle l'aime plus qu'il ne le sait. En général, elle m'apporte un poisson blanc grillé que je ne reconnais pas toujours. Du turbo, souvent, parfois de la rascasse ou du pagre. Du loup. Et des gambas qui fondent sous la fourchette et sous la langue. Translucides, diaphanes. Un dessert indigeste au chocolat et une bouteille de rouge des trois frères.

Et vas-y, mange, Marceau… *Endavant! Menja! Marceau !*

Paquito valse entre les tables et, en dépit de son embonpoint, vient se planter devant moi, tout au fond de la salle, avec la légèreté empruntée d'une ballerine.

– Tout va comme tu veux ? Tu demandes, hein, si tu en veux plus…

Je hoche la tête.

Je sais que son empressement excessif cache des questions. Une question. Est-ce que je vais enfin rentrer chez moi ? Je sens un rictus me crisper les mâchoires. C'est ici, chez moi. Je n'appartiens à aucune autre terre. Il n'y aurait pas de guerre si nous comprenions cette évidence.

La terre ne nous appartient pas.

Nous appartenons à la terre.

C'est elle qui choisit si elle veut de nous. Ou pas. Celle où j'ai vécu le plus longtemps, où j'ai fait mon apprentissage, celle qui s'est enracinée en moi n'est plus ma terre. J'en ai été arraché. Je ne sais même pas si je lui ai jamais vraiment appartenu. Avant les pandémies, avant la guerre, avant le grand repli, j'ai voyagé partout sur la planète. J'y ai croisé des frères, des sœurs de sang, d'âme, d'oxygène. Dans les endroits les plus lointains, les plus reculés, les moins attendus. J'y ai foulé des terres qui m'ont happé, m'ont enlacé, m'ont choisi, m'ont sommé de rester. D'autres mon refoulé, rebuté, m'ont écarté loin d'elles avec une violence tellurique. J'appartiens à toutes les terres qui ont voulu de moi. Aucune, jamais, ne sera ma propriété, même pas celle dans laquelle je pourrirai un jour. Je suis déjà son fumier, son humus, sa continuité. Un jour prochain, je retournerai à la terre. Je serai terre.

Alors à quoi bon se prétendre accroché, marié, soudé à un terreau éphémère, aléatoire ? Les nationalistes sont des sales gosses, qui reniflent encore et toujours leur trou du cul avec ravissement, persuadés que c'est là le centre du monde civilisé. Ils ont l'outrecuidance, la naïveté désarmante de penser qu'un terrain, qu'un bosquet, une colline, un monticule, une fleur, un brin d'herbe leur appartiennent. C'est l'erreur fondamentale, congénitale du genre humain. Rien ne t'appartient. Mais tu appartiens à tout.

Rentrer chez moi ? Pourquoi faire ? Défendre une *terre* ? Comme si elle avait besoin de moi alors qu'elle nous engloutira tous dans des bourrasques de poussière, dans des torrents de boue, avant de nous recouvrir d'une nuit profonde… Je reprendrai vie en chiendent, en pissenlit, en vermine.

Chez moi, c'est déjà un cimetière, celui de mes illusions égarées, de mon enfance envolée, de mes amours fugaces, de mon passé. Pourquoi défendre des souvenirs au lieu de bâtir un présent ?

Je ne lui dis rien de tout ça à Paquito. Peut-être le comprend-t-il sans que j'aie besoin de le dire.

Ici est la terre où j'ai envie de me coucher et de dormir.

11. La ville sans nom, mai 2028. Carnet de Bruno.

Ils nous ont enfin envoyé un émissaire. Un sale type pompeux, boudiné dans sa chemise noire et son pantalon de camouflage. Je l'ai reconnu tout de suite. C'était un des gros bras de Frontera, l'homme que Marceau a tué. Son visage conquérant, impitoyable, ne pouvait masquer un léger rictus de satisfaction. Nous étions à sa merci.

– Vous serez jugés, nous-a-t-il dit. Par un tribunal militaire.

La façon dont il a prononcé ces derniers mots, en exagérant son accent, ne laissait aucun doute sur l'issue du procès. Nous allions être exécutés. En tout cas la plupart d'entre nous.

– Nous ne sommes pas des sauvages, a-t-il assuré, le poitrail gonflé d'orgueil.

Je pense qu'Étienne va s'en tirer. Ils ne peuvent pas le tuer sans s'attirer les foudres, la réprobation unanime de la communauté internationale. Et ils vont avoir besoin de renouer avec l'étranger. De toute façon, la peste gagne tous les pays, les uns après les autres. La grande peur s'impose un peu partout, les militaires retrouvent leur raison d'être. Ils trouveront des alliés. En attendant…

Je pense à ces racailles, à ces traîtres, à ceux des nôtres qui se sont ralliés à eux. Presque sans se forcer. Comment s'en étonner ? Ça a toujours été le cas. L'histoire repasse les plats. Bien sûr que si… Après tout, disaient-ils, nous avons un ennemi commun :

le capitalisme internationaliste, le fascisme néo-libéral, les banques, les multinationales, la Silicon Valley, le multilatéralisme, l'OTAN, les islamistes. Les «pacifistes» ont suivi le même chemin. Toujours le même. Celui du plus fort, dont ils sont devenus des complices zélés. Je suis persuadé que certains de ces traîtres plaident aujourd'hui auprès de leurs nouveaux maîtres pour notre salut, pour se mettre en règle avec leur conscience.

L'émissaire a expliqué à Étienne qu'il avait une proposition à lui faire.

Ils se sont enfermés dans le bureau qui était jadis celui du médecin-chef de l'établissement, celui qui signait les avis de décès.

12. Cadaqués, mai 2028.

– Il t'arrive de dessiner des sirènes ?

– Jamais.

– Et pourquoi ?

– Parce que je ne dessine que des créatures imaginaires.

Je laisse l'eau clapoter un instant pour réfléchir à cette réponse. Le bateau tangue mollement au large d'un récif, en face d'une petite crique aux roches saupoudrées l'été des corps dénudés des connaisseurs munis d'un bateau. Au large, une boule rouge et bleue file vers Roses, et deux bras se déroulent en ailes de moulin. Un nageur longe la côte et s'entraîne pour une course au large. Alex en a dessiné des centaines de petits bras noirs dans des eaux azur. Toute une série de tableaux. J'en ai un, accroché au-dessus de la cheminée cuivrée de mon appartement. Eau libre en parcours fléché.

Je lui fais un signe du menton en direction du flotteur.

– Ce n'est pas une sirène.

Alex opine.

– Cela dit, on ne voit pas ses jambes.

Il agite la ligne pour voir si les sars partouzent encore dans le secteur. Pour l'instant, ils sont sans doute trop occupés à copuler ou bien trop éreintés pour se nourrir après l'amour. Les sars ont-ils des reins ?

– Tu sais que si je suis revenu à Cadaqués, c'est à cause d'une sirène ?

J'ouvre de grands yeux, et il éclate de rire. Alex adore les intrigues. C'est une spécialité catalane, de lancer des phrases absurdes ou énigmatiques pour retenir l'attention. De ménager l'attente. D'une moue, je l'encourage à s'expliquer.

– Quand je suis parti vivre à Londres, je ne pensais pas revenir ici. Tu sais comment c'est… Tu as vingt ans, vingt-cinq ans. Tu viens d'un petit patelin comme ici. Tu crois qu'ailleurs l'herbe est plus verte, et c'est le cas à Londres, mais l'eau y est moins bleue. Et un jour que j'étais rentré pour voir ma famille, je suis allé manger dans un restaurant du *barrio antic* qu'avait racheté un ami, *La Sirena*. Je me suis assis tranquillement dans le patio. Il était tard, c'était au début du mois de mai, il n'y avait personne. Mon ami n'était pas là, il devait arriver plus tard et une jeune femme est apparue, sortant de la cuisine, et elle m'a salué. Elle m'a proposé un verre de vin blanc. J'ai accepté. Elle avait un regard profond, abyssal, un visage un peu creusé, comme si la vie l'avait déjà un peu sculptée. Ou le vent, ou les flots. Va savoir… Un peu dure. Mais très belle. Il faisait chaud, très chaud pour un soir du mois de mai. Elle était en short…

La ligne tressaute. Alex se raidit. Les sars peuvent attendre.

– … et elle avait les plus jolies jambes de la création. C'était absolument fascinant. Je me moque un peu des jambes, en général. Je n'y prête pas attention. Mais elle avait les cuisses galbées d'une sprinteuse jamaïcaine, aussi effilées que les pinceaux agiles d'une sauteuse en hauteur, des chevilles de bambou, des pieds moqueurs de danseuse indienne. Impossibles à décrire dans leur perfection. Il faudrait qu'un jour, je tente de les dessiner, pour que tu comprennes. J'étais frappé de stupeur, comme ça arrive parfois dans les musées. La petite danseuse de Degas. Tu vois ? Bon, j'avais un peu honte de moi, à mater ces gambettes en buvant du vin blanc. Et puis ça m'a frappé…

La ligne se tend. Merde. Il faut agir. Alex ferre d'un coup sec et commence à tourner doucement le moulinet. Le sar est d'ordinaire un adversaire coriace, avec sa petite bouche et ses énormes dents en biais qui mériteraient d'être redressées à la fraise. Mais le duel est de courte durée. Le poisson a dû laisser trop de forces, trop de vice et de jugeote dans ses ébats collectifs. Mon ami le hisse sans effort dans la barque. Une belle pièce, pas loin des deux kilos, largement de quoi nous faire un déjeuner. Alex le décroche et le jette dans sa musette en se signant. C'est son truc. Son rituel. Il ne croit pas, mais rend quand même grâce à Dieu de l'autoriser à manger. Plus tard, le cul posé sur un tas de pierres dans la petite calanque, je remercierai à mon tour le sar de devenir moi, une partie de moi, de se réincarner dans un de mes orteils, dans le lobe de mon oreille.

La bouffe, c'est mystique.

– Je disais quoi ?

– Que ça t'avait frappé.

– Oui… ça m'a frappé. Cette fille sort d'un restaurant qui s'appelle La Sirène, et elle a les plus belles jambes de la création ! Tu saisis le paradoxe ? Mon ami n'est pas venu ce soir-là, je n'ai jamais vraiment su pourquoi. J'ai passé la soirée à échanger des banalités avec la sirène. Et puis je suis allé me coucher pompette et j'ai rêvé de ses jambes toute la nuit. Le lendemain, j'y suis retourné. Mon ami était là, mais elle non. Elle l'avait dépanné pour un soir. Je lui ai demandé où elle habitait. Il a pris un air énigmatique et a refusé de me le dire.

Une légère brise vient lisser la surface de l'eau. Aucun sar ne semble vouloir venir rejoindre le congénère que nous avons attrapé.

– Et tu l'as revue ?

– La sirène ?

– Qui d'autre ?

Il s'esclaffe.

– Jamais. Mais c'est pour ça que je suis revenu à Cadaqués. Pour y retrouver les jambes de la sirène ! Dans le genre mission absurde, ce n'est pas si mal. Finalement, à rechercher l'impossible, j'ai trouvé mon chemin, tu vois. Rien que pour ça, je la remercie.

Le chant des sirènes. Belle légende. Je n'ai pas entendu la voix de la naïade de l'autre jour. J'ai plutôt senti son odeur. Sa présence. Sa chaleur. Les marins feignent de voir en elles des monstres marins qui tentent de les attirer au fond de l'eau. Mais c'est du pipeau. Ce sont eux les monstres, c'est leur concupiscence, leur curiosité malsaine qui les entraîne vers les abysses. Sombrer, couler, n'est-ce pas la raison d'être du marin ? Les sirènes nous ramènent à ce que nous étions, voilà longtemps, très longtemps. Des fils et des filles de l'eau, du vent, les enfants surgis des entrailles liquides de la terre. Les sirènes sont là pour veiller sur nous, nous protéger.

Elles sont le ventre de notre mer.

Alex relance le moteur, juste pour un saut de puce vers la petite plage. Je suis chargé de la besace renfermant l'huile d'olive, les herbes, l'ail et le poivre. Le sar va griller sur une pierre plate. Merci, ô grand sar, de devenir un ongle de ma main.

Je te revaudrai ça.

Alex glisse sa lame dans l'abdomen du poisson et déchire la peau. Il retire les entrailles et les jette à la mer.

– Pour les sirènes.

– J'en ai vu une, l'autre matin. À la plage d'*En pere Fet.*

Mon ami dispose quelques brindilles sur un galet plat. Un boutefeu et *fooooouf* ! La flamme…

– Ah oui, je la connais. C'est Diane. C'est la reine des sirènes.

Naturellement.

13. La ville sans nom, mai 2028.
Carnet de Bruno.

Après son entrevue avec l'émissaire du préfet, Étienne m'a convoqué dans le bureau.

– Tu sais où est Abdel ?

– Oui. Il coordonnait les combats dans les quartiers Nord. Il devait se replier discrètement jusqu'ici. Il lui faudra plusieurs heures, peut-être des jours, de planque en planque, pour nous rejoindre.

– Tu peux le contacter ?

– Oui, par la messagerie.

– Bien.

Étienne s'est levé et a dit qu'il avait une mission pour nous. Qu'il avait passé un accord de principe.
Le gouvernement était prêt à nous laisser la vie sauve et à nous laisser prendre la direction de l'exil à une condition et une seule. Et c'est cette condition que nous devions remplir.

14. Cadaqués, mai 2028.

Les touristes qui descendent à la vieille maison de Dalí, un peu désertée depuis quelques années, passent à côté d'un des endroits les plus charmants de Cadaqués : son cimetière. Ils aperçoivent bien la petite chapelle perchée au sommet de la côte, dont le portail en bois est parfois entrebâillé, mais ils n'osent pas pousser la grille de fer forgé qui ouvre sur le monde des défunts. C'est un joli jardin avec vue mer, protégé par la haute stature d'un archange aux traits paisibles. Les soirs d'orage ont la beauté gothique des *Contrebandiers de Moonfleet*. Face aux tombes les plus riches, accroché au dos de la chapelle, un Christ écorché de filins métalliques, noir, arachnéen, dessine comme une ombre tragique, poignante, sur la chaux. Un banc lui tourne le dos et contemple le paysage d'aigue marine, encadré de cyprès rebelles, au feuillage assombri par l'air marin. J'y retrouve un peu la paix du vieux chemin de l'ermitage, ce silence du temps qui prend ses aises. Comme dans les grands cimetières de Barcelone, dont les concepteurs ont voulu rétablir dans la mort l'égalité bafouée par la vie, les restes des défunts sont alignés dans des niches numérotées, derrière de longues rangées de plaques naïves, métalliques, émaillées, de bas-reliefs art nouveau, sobres ou kitsch : une photo de mariage tout en moustache et dentelles, une barque dans la tempête, une moto rutilante, un restaurant disparu, une maxime. Devant chaque stèle, posés sur des margelles bleues, s'oublient des pots de fleurs fanées, réelles ou en plastique, des immortelles oxymoriques, des bougies dégoulinantes, figées comme des volcans éteints. Ces hommages modestes font pourtant mieux revivre, l'espace d'un regard, d'un sourire poli, ces hommes et ces femmes emportés par le temps que ces tombes de marbre noir fermées comme des clapets où gisent les puissants d'antan.

Je m'avance vers le fond du lopin, vers la tombe la plus mystérieuse de l'endroit, coiffée de la statue d'albâtre d'une jeune femme assise sur un banc, les jambes croisées, les pieds nus, le menton posé sur des doigts serrés, le regard vide tourné vers l'intérieur. Ce n'est pas une sirène, mais une dame blanche, sa coiffe, sa mimique, évoquent encore un tableau de Dante Gabriel Rossetti. C'est une madone éternelle, intemporelle, impavide, vidée de toute vie, de toute envie. Est-ce son modèle qui repose sous les lourdes dalles qu'elle surplombe ? N'est-elle que la figure du deuil, la face lumineuse de la mort ?

Le soleil se pose dans son dos comme pour la réconforter.

Qui est-elle ?

Je me rends compte que j'étais sans doute venu voir, à peine consciemment, si elle avait les traits, l'allure, l'aura de la sirène de la plage. L'exil m'enferme dans des pensées vagabondes, délirantes. Je soupire et me retourne. Une silhouette lourdaude se découpe au détour d'un cyprès. Ai-je dérangé un visiteur ? Il apparaît en contre-jour, massif, ses lourdes mains pataudes au bout de bras énormes. Un ours.

– *Hey Mulligan, you nearly scared the shit out of me!*

Il s'approche, lève une de ses battoires et me la tend.

– Tu vas bien, *man ?*

– Plutôt pas mal.

Je sens qu'il a une envie folle de me dire que la guerre est finie. Mais il est plus malin que ça.

– Tu viens souvent ici ?

– Assez souvent.

Il grommelle.

– Tu as quelqu'un à y voir, un cher disparu ?

– Non. Et toi ?

Il plonge ses poings dans ses poches et sa poitrine se soulève.

– Oh oui ! Ce cimetière est plein d'histoires qui me concernent. Tu sais, les tombes ne sont pas aussi muettes qu'on le dit. Elles parlent à ceux qui savent.

Voilà plusieurs semaines que je ne suis pas passé boire une bière dans son pub. Je ne sais pas pourquoi. L'ambiance ne s'y prêtait pas.

Je préférais descendre tôt en ville, boire des cocktails de fruits au Brown Sugar, un bar de nuit tenu par un Belge, Rudy.

– Je t'ai vu devant la statue du fond.

– Oui. Elle est fascinante. D'une beauté sépulcrale. Et en même temps apaisante.

Il opine et lui lance un regard lointain.

– Tu sais que c'est une statue de Josep Llimona ? C'était l'un des plus grands sculpteurs catalans. Un ami de Gaudí.

– Non, je ne le savais pas. Elle est remarquable. Et sait-on qui est enterré sous la statue ? Ce devait être une grande famille ? Ce Llimona ne devait pas travailler gratuitement.

Je sens Mulligan tiquer légèrement. C'est peut-être l'effet agaçant d'un rayon de soleil importun qui vient taquiner la barbe qui dévore sa joue.

– C'est la tombe d'un riche politicien du XIXe siècle, un type qui voulait construire une réplique de Cadaqués en Patagonie.

– Vraiment ? C'est fou…

– Bah, les Chinois l'ont bien fait.

Sur ce, il tourne les talons.

– Et la femme ?

Il s'interrompt un instant.

– La femme ?

– La femme de la statue.

– C'était son épouse, Soledad Sirenyona. Elle est morte en 1917. Il ne lui a survécu que deux ans.

– Sirenyona ?

– Oui.

Il se baisse, ramasse un caillou et le jette plus loin.

– Viens me voir au pub un de ces soirs.

– Je viendrai.

Avant de refermer la grille, je sacrifie à un autre de mes petits rituels lorsque je viens scruter la mer depuis le cimetière. Juste avant la sortie, adossé à la chapelle, un caveau est ouvert et vide. La fenêtre voutée du fond offre une vue d'exception sur Port Lligat, les toits biscornus de la maison de Dalí, les barques qui mouillent au fond de la petite rade. Le sol est un damier parfait de marbre noir et blanc.

J'y imagine de longues parties d'échecs entre la vie et la mort. Je ne sais pas à quoi sert cette pièce. Si quelqu'un a un jour reposé ici. J'en ferais bien ma dernière demeure, le jour venu.

15. Cadaqués, mai 2028.

Cadaqués en Patagonie. Cadaqués en Chine. Cadaqués sur la lune. Voilà qui démontre bien qu'un lieu ne vit que par l'idée qu'on s'en fait. Je ne vais plus trop sur Internet, pour éviter d'y tomber sur des histoires que je n'ai pas envie d'entendre ou de partager. J'ai bloqué mes messageries, mes comptes sur les réseaux sociaux. Je me connecte via un VPN. Je ne communique avec mon passé que par Telegram, et le moins souvent possible. Mais je suis allé voir des images du Cadaqués chinois : Kadakaisi. Un rêve grotesque de milliardaire. Ils le sont tous, finalement, non ? Milliardaires lunaires sans frontière. Je ne mettrai jamais les pieds à Kadakaisi, mais les simples cartes postales saturées qui encombrent l'écran de mon ordinateur révèlent le pot aux roses. Copie conforme ? Vous voulez rire ? Ce n'est même pas du carton-pâte, même pas du stuc. Les promoteurs chinois ont fabriqué un ersatz, un mirage de Cadaqués, lové, ou devrais-je dire haï dans une couronne de buildings immenses en guise de colline. L'ermitage, dans le paysage absurde du *resort* chinois, se trouve au 40e étage d'une tour cristalline.

Voilà qui démontre l'évidence. On ne peut pas reproduire Cadaqués, Paris ou New York. Même la plus sophistiquée des imprimantes 3D ne fournira jamais qu'une coquille vide, la peau morte d'une ville mutante. Dénuée de son âme. De cette force spirituelle liée à ce qu'elle est, son emplacement, son décor, son histoire, les gens qui l'ont façonnée, aimée, détestée. C'est cette âme qui s'empare de vous et vous possède. Transforme l'exilé en enfant du pays. Vous adopte ou vous expulse. Lorsque l'âme s'éteint, se pervertit, lorsque le charme se rompt, tout est perdu. Le fil ombilical qui vous lie à un lieu se rompt. Et ne se répare jamais.

Qu'y puis-je si mon pays a perdu son âme ? Qu'y puis-je s'il a emporté avec lui dans son humeur changeante, nauséabonde, des hommes et des femmes qui étaient mes frères et mes sœurs ? Qu'y puis-je si je suis désormais un homme sans terre, sans patrie ? Je sais depuis longtemps que l'avenir de l'humanité ne peut-être que fraternel, âmical avec un circonflexe. Il ne peut être le fruit que de nos choix, pas de nos chaînes.

À défaut de me rendre à Kadakaisi, je suis allé acheter des sushis chez Carmen, la plus belle femme de Cadaqués. Je ne sais pas grand-chose d'elle. J'ai cru entendre dire que son mari était mort ou parti, qu'elle élevait ses enfants seule et se débrouillait comme elle pouvait. Alors je lui apporte une maigre contribution en lui prenant des makis, des California rolls. Elle a toujours été adorable avec moi, souriante, attentive, enjouée. Elle a travaillé dans un hôtel aujourd'hui disparu où j'ai passé mes premiers séjours dans la ville. Je la croise au coin des rues, toujours un regard, un sourire entendu. Nous sommes liés par une forme de connivence, de compréhension spontanée. Nous vivions sur la même planète, où qu'elle se trouve dans la galaxie.

J'ai ajouté à ma commande une bouteille de rosé d'Emporda cultivé par un compatriote, un peu plus au nord. Terra Remota. J'aime ce vin autant pour son léger goût de groseille que pour son nom.

En sortant de la boutique, j'ai remarqué une plaque sur la rue : avinguda Soledad Sirenyona. Je suis le seul, en vérité, à ne pas connaître ce nom. Je n'ai de Cadaqués qu'une connaissance instinctive. Dois-je vraiment en savoir plus ?

16. La ville sans nom, mai 2028.
Carnet de Bruno.

Marceau et moi, c'est une vieille histoire. Nous nous sommes connus sur les bancs de la fac. C'est là aussi que j'ai connu Abdel. J'étais déjà beaucoup plus impliqué politiquement qu'ils ne l'étaient. Je m'occupais du syndicat étudiant, envers lequel l'un et l'autre manifestaient une certaine méfiance. Marceau refusait d'être encarté, il répétait que sa boussole la plus sûre était le doute, et non la conviction. Abdel redoutait d'être l'arabe de service.

Mais notre amitié fut bien plus forte et durable que nos légères divergences idéologiques. Marceau écrivait. Je militais. Et Abdel excellait dans les sports, la natation notamment, et les conquêtes féminines. Nous nous retrouvions autour d'un verre, puis de deux, d'un repas ou d'un joint non pas pour refaire le monde, mais pour le faire, le vivre. L'heure était encore à une certaine insouciance mâtinée de fatalisme, alors que le monde s'effritait, nous le sentions bien sans oser nous l'avouer. Je craignais le dérèglement climatique, Abdel redoutait les discriminations, Marceau ne comprenait pas la haine.

Ce fut assez pour nous réunir quand le moment arriva de se battre. L'arrivée au pouvoir ce tout ce que nous détestions fut un cataclysme, un choc profond. J'avais l'impression de plonger au plus sombre d'une mer noire. En apnée. Et de ne pas savoir dans quel sens nager pour remonter à la surface. Abdel était plus organisé.

Lorsque les émeutes ont commencé, il était aux premières loges. Préparé. Motivé.

Les poèmes de Marceau se sont alors faits plus durs, plus tranchants. Chacun a utilisé ses armes. Et puis les provocations ont commencé. Les « attentats ». Et les partis politiques et les formations syndicales accusées de les soutenir ont été dissoutes. Abdel est entré dans la clandestinité. Je pouvais encore agir plus ou moins librement. J'avais été élu lors d'élections locales. Le pouvoir n'avait pas encore dissous les conseils municipaux, même si l'état d'urgence lui permettait déjà des arrestations arbitraires.

Et puis le pays a été coupé en deux, et nous avons pu installer notre capitale, notre commune, tolérée par le nouveau pouvoir, dans la ville sans nom.

La plume de Marceau faisait beaucoup plus mal à nos nouveaux maîtres, à nos nouveaux ennemis, que mes tracts ou les actions coup de poing d'Abdel. Il avait des dizaines de milliers de followers sur les réseaux. Le gouvernement ne pouvait pas l'effacer d'un trait de plume. Mais il devenait un homme à abattre. Le moment venu.

C'est moi qui lui ai présenté Mathilde.

17. Cadaqués, mai 2028.

Voilà le moment inouï où le poète n'a plus de mots, où toutes les cordes de sa lyre ont pété. L'écrivaillon que je suis n'est d'aucune aide. Ni le journaliste que j'ai été, voilà longtemps. Les faits, rien que les faits.

Les fées, rien que les fées.

J'étais remonté, ma besace remplie de sushis, à l'assaut du vieux chemin de San Sebastián, décidé à pousser jusqu'à l'ermitage. Je m'étais dit qu'après tout, puisque personne ne voulait l'acheter après tout ce temps, puisque cette affiche restait collée là-haut sur le portail, avec ce numéro de téléphone que personne n'appelait, je pouvais peut-être faire une offre ? N'était-elle pas pour moi, cette immense baraque, perdue au creux de la caillasse en surplomb d'une mer sans fin ? J'y serais isolé, terré, écrasé entre un ciel livide et une eau limpide. J'y serais intouchable, injoignable, reclus.

Et en même temps au cœur du monde.

Je me suis posé un instant sur un tas de pierres plates. J'ai évacué les quelques épines qui s'y étaient déposées. J'ai farfouillé dans le sac, extrait un California roll, l'ai porté à ma bouche. C'est alors qu'est apparue l'apparition. Qu'elle a arraisonné ma raison. Qu'elle a fait vaciller le monde dans une autre dimension. Qu'elle a tourné la page, partagé l'écran, qu'elle a vrillé mes pensées ; un vertige, un éblouissement, une perte de conscience. J'ai cru que, peut-être, j'étais en train de partir, de mourir. Qu'elle était venue me chercher. J'étais passé de l'autre côté du halo.

Tout était plus clair, plus lumineux.

Le silence, ce silence, cette paix.

Elle courait nue sur le chemin, vêtue d'une simple paire de sneakers vert fluo, sans socquettes. Elle déroulait ses jambes de sirène à une belle allure. Ses muscles se crispaient au-dessus du genou quand son pied touchait le sol, dessinant des larmes fuselées sur ses cuisses. Ses bras l'équilibraient, souples et déterminés, son regard fixait un horizon que je ne voyais pas. Où courait-elle ainsi, où allait-elle ? Ses seins, menus, vibraient au rythme de ses foulées. Elle filait là-bas vers un autre chemin, vers le plateau. Elle ne me voyait pas.

Et puis elle a semblé se raviser, a amorcé un demi-tour en trottinant et s'est engagé sur le sentier qui obliquait dans ma direction.

Ses yeux se sont fichés dans les miens. Perçants. Accusateurs. D'une douceur irréelle.

Elle a ralenti progressivement, a détendu le fil affuté de ses cuisses, a soufflé trois fois et s'est postée devant moi.

– Je voulais vous parler.

J'avais encore du sushi plein la bouche. Je n'ai même pas pris la peine de bafouiller.

– Vous me voyez ?

Que répondre ? Ma gorge s'est nouée.

– Si vous me voyez, c'est que vous êtes bon. Les connards ne me voient pas.

Les connards ne savaient pas ce qu'ils perdaient. J'ai perdu foi dans l'humanité, mais elle s'incarne parfois dans une beauté tellement magique, soulignée par un décor tellement céleste, que tout n'est peut-être pas perdu.

– Et vous courez souvent comme ça, toute nue dans la colline ?

Son sourire était une demi-lune par une nuit claire de septembre. J'entendais des cigales. Et du Joe Dassin.

– Pourquoi voulez-vous que je m'habille ? Personne ne vient jamais ici. Personne. Vous êtes le premier depuis dix ans, quinze ans peut-être. C'est un endroit perdu, oublié. Peut-être qu'il n'existe pas.

J'ai pouffé malgré moi. Je me sentais envahi d'un bonheur inattendu, fortuit, comme si j'avais retrouvé soudainement une amie d'enfance.

– Et que faisons-nous là, alors, dans cet endroit qui n'existe pas ?

Son rire avait quelque chose de chevalin, de masculin aussi. Un éclat franc comme une tape dans le dos.

– Peut-être que nous n'existons pas, nous non plus !

C'était tentant. C'était probable. Qu'étais-je devenu, après tout ? Un fantôme ? Un homme sans nom, privé de papiers, d'identité.

Et plutôt heureux ainsi.

– J'ai existé, jadis.

– Oui, moi aussi. Mais ça fait longtemps. Très longtemps.

Elle s'est remise à trottiner sur place.

– Bon, je vais prendre froid. La nudité a du bon, elle nous mélange au monde, mais la sueur froide donne des rhumes de cerveau.

Je n'ai pu m'empêcher de compter les perles sur son épaule, de remarquer le petit filet qui dévalait de son oreille vers son cou.

– Oui, n'allez pas attraper la mort !

Yeux de louve, pupilles de braise.

– Vous montez à l'ermitage Radford ?

– Il est à moi, mais je n'arrive pas à le vendre. Ça vous intéresse ?

Je lui ai tendu ma gourde. Elle a refusé d'un battement de paupières.

– Peut-être. Je ne sais pas si j'ai les moyens.

Soupir.

– Nous en reparlerons. Vous reviendrez me voir ?

Tous les jours que Dieu fera jusqu'à la fin du monde.

– Le monde se finira peut-être plus tôt que vous ne le pensez.

Elle a allongé sa foulée. Un nuage égaré a voilé ses fesses un court instant. Le monde est devenu binaire. Le ciel se balançait. Le soleil. La lune. Le soleil. La lune.

Oui, je reviendrai.

18. Cadaqués, mai 2028.

J'ai relu « l'Ode à Dalí » de García Lorca. J'y trouve des correspondances étonnantes avec ma vie, avec les images qui m'assaillent, avec les associations d'idées qui me harcèlent. Hasard, destins, croisements d'ondes, interférences ?

Une rose dans le haut jardin que tu désires.
Une roue dans la pure syntaxe de l'acier.
Elle est nue la montagne de brume impressionniste.
Les gris en sont à leurs dernières balustrades.

Dans leurs blancs studios, les peintres modernes
Coupent la fleur aseptique de la racine carrée.
Sur les eaux de la Seine, un iceberg de marbre
Refroidit les fenêtres et dissipe les lierres.

L'homme, d'un pas ferme, foule les rues dallées
Et les vitres esquivent la magie du reflet.
Le Gouvernement a fermé les boutiques de parfums.
La machine éternise ses mouvements binaires.

C'est une absence de forêts, de paravents, d'entre-sourcils
Qui rôde par les terrasses des maisons antiques.
Et c'est l'air qui polit son prisme sur la mer,
C'est l'horizon qui monte comme un grand aqueduc.

Les marins ignorant le vin et la pénombre
Décapitent les sirènes sur des mers de plomb.
La Nuit, noire statue de la prudence,
Tient le miroir rond de la lune dans sa main.

Un désir nous gagne, de formes, de limites.
Voici l'homme qui voit à l'aide d'un mètre jaune.
Venus est une blanche nature-morte.
Voici que les collectionneurs de papillons s'effacent.

Cadaqués, sur le fléau de l'eau et de la colline,
Soulève des gradins et enfouit des coquilles.
Des flûtes de bois pacifient l'air.
Un vieux dieu sylvestre donne des fruits aux enfants.

Sans avoir pris le temps de s'endormir, les pêcheurs dorment sur le sable.
En haute mer, ils ont une rose pour boussole.
L'horizon vierge de mouchoirs blessés
Joint les masses vitrifiées du poisson et de la lune.

Une dure couronne de blanches brigantines
Ceint des fronts amers, des cheveux de sable.
Les sirènes persuasives ne nous suggestionnent pas.
Elles apparaissent au premier verre d'eau douce.

Je n'y avais jamais vraiment fait attention, mais au mur de ma chambre est accroché le tableau flou d'une sirène. Elle se mêle aux flots. Bleu cobalt contre mauve profond, ses cheveux lacèrent l'image de serpents noirs. Le tableau était là quand j'ai acheté l'appartement. Je l'y ai laissé. Ma vision s'y est habitué, ne le perçoit même plus. C'est seulement une présence.

Dans la salle de bains contiguë, le portrait d'une jeune femme me donne à présent des frissons. Lui aussi était là avant moi. C'est une esquisse pulpeuse, tracée au Rotring, une coupe de cheveux des années 1970, 1975 au plus tard. Julie Christie, Jane Birkin… Et le portrait craché de la reine des sirènes qui court nue dans les collines de Cadaqués. Pourquoi ne l'ai-je jamais dévisagée comme aujourd'hui ? Pourquoi la connaissais-je avant de la connaître ?

19. La ville sans nom, mai 2028. Carnet de Bruno.

Mathilde, je l'ai connue dans une manif, l'une de ces innombrables manifs hebdomadaires d'avant la pandémie, ces soulèvements spontanés qui nous laissaient penser, déjà, qu'un autre chemin était possible. À présent, je sais que ces gens aux côtés desquels nous défilions sont ceux qui, aujourd'hui, nous dénoncent et nous pourchassent. Mais à l'époque, nous partagions une haine commune, un ras le bol porteur de rêves ou de cauchemars.

Et Mathilde était là. Elle défilait sans grande conviction, élégante, naturelle en ces chaudes après-midis. Elle était venue pour Abdel, mais il avait autre chose à faire, il n'était jamais là où on l'attendait, c'était un feu follet. Alors nous avions sympathisé, mais j'ai tout de suite compris que je ne l'intéressais pas, que je ne l'intéresserais jamais. J'ai senti immédiatement qu'elle cherchait autre chose que ma conviction militante, que ma croyance éperdue en un monde meilleur. Elle était polie, mais distante avec moi. Je n'avais pas cette puissance de phéromones qui la faisait glousser lorsqu'Abdel lui parlait, la contemplait, la flattait.

Nous n'avons pas croisé Marceau à la manif. Il détestait les foules et m'assurait que je me fourvoyais, que ce mouvement n'était pas fréquentable, que je me laissais griser par ma « fièvre révolutionnaire ». Au point de défiler auprès de ceux, qui, « le jour venu, seront tes pires ennemis ». Il avait raison, bien sûr, mais je le prenais pour un timoré, un mou du slip, un social-traitre. Reste que c'était mon ami, que les lyrics qu'il écrivait pour les rappeurs de la ville cartonnaient de plus en plus. Et lorsque je lui ai présenté Mathilde, évidemment, ça a collé tout de suite. Il ne l'attirait pas par une grâce physique, hormonale, mais il l'intriguait, il l'amusait. Il disposait d'un pouvoir qu'elle n'avait pas et qu'elle n'aurait jamais. Le verbe. Le mot juste.

Elle tomba amoureuse. Lui aussi, je crois.

Elle avait un enfant d'une première liaison et Marceau adorait les minots.

Ils faisaient plaisir à voir.

Ils s'aimaient.

Ils étaient beaux.

20. Cadaqués, mai 2028.

– *Mare de Déu!* Rien de tel qu'un poète en cavale !

Alex agite devant lui une canette d'Estrella, les pieds posés sur son bureau, au cœur de l'atelier que n'éclaire que la lueur timide d'une minuscule lucarne. Je ne discerne sur les murs que les formes rebondies de ses « grosses femmes », les petits bras incurvés de ses nageurs de grand large, ses joueurs de boules sans tête. Je siphonne le fond de ma propre canette, en attrape une autre dans l'emballage de plastique mou.

– Tu avoueras qu'il y a là des coïncidences troublantes. La semaine dernière, je n'avais jamais croisé la moindre sirène de ma vie. Depuis, elles sont partout.

Il soupire longuement par les narines.

– Phénomène classique, mon pauvre ami. Elles étaient là, mais tu ne les avais jamais remarquées. Il t'a suffi d'en voir une pour que ta perception se modifie. C'est un procédé que j'utilise souvent dans mes dessins. Noyer les détails avant de les révéler…

Il lève sa canette et embrasse l'espace confiné d'un geste ample.

– Tu viens ici depuis longtemps maintenant, mais que connais-tu vraiment de Cadaqués, de son histoire, de ses fantômes, de ses sirènes ?

Rien, c'est vrai.

Alex n'a pas tort, mais je m'étais jusqu'ici réfugié dans mon amour du lieu, dans mon attachement instinctif pour lui. Dans une certaine mesure, je refusais d'en savoir trop sur son passé, de peur de rompre le charme. Je savais bien, par mon métier, qu'il n'y a rien de pire que d'apercevoir les ficelles, les cordages, la trame, que de déceler l'ossature du décor. Qu'il faut s'employer à préserver la magie, à mépriser ce qui peut la banaliser ou la souiller.

– Qui était Soledad Sirenyona ?

– Si tu étais d'ici, tu le saurais. C'était l'héritière d'une des plus grandes familles de Cadaqués. Depuis le Moyen Âge, des Sirenyona ont arpenté les ports, les criques, les calanques, les rades, les baies, les îles de la Méditerranée. Pêcheurs, aventuriers, pirates, flibustiers, boucaniers, négociants, commerçants, navigateurs, explorateurs, ambassadeurs… Des gens de mer, connus de Naples à Constantinople, de Tunis à Athènes. Soledad a épousé Federico Granola, un avocat et politicien éminent, natif du village. Il a fait une superbe carrière à Barcelone, il est devenu une sommité de la vie catalane. C'est lui qui a désenclavé le village en faisant construire la route de Figueras. Mais Soledad est morte pendant la Première Guerre mondiale, sans laisser d'enfant.

Il m'adresse un signe discret du menton. Je lui expédie le reste du pack de bières d'une petite rotation du poignet. Il l'attrape d'une seule main. Une canette se détache et roule sur le bureau.

– Granola n'a survécu que deux ans à son épouse. Ils étaient encore assez jeunes tous les deux. À la mort de Soledad, il a légué presque toute la fortune familiale à Cadaqués pour la construction d'une école.

Je m'étais toujours demandé, en effet, en passant devant ce bâtiment perché sur les premiers contreforts des collines, pourquoi un si petit village disposait d'un établissement scolaire d'une telle splendeur. La façade est grandiose, grandiloquente même, surmontée d'un fronton néo-classique coiffé d'une corniche ouvragée où s'affiche le nom de Soledad Sirenyona, gravé en lettres florales.

– Tu vois, ici, nous sommes tous un peu les enfants de Soledad !

La canette s'ouvre en sifflant. Alex en aspire la mousse et la repose.

– Mais toi, je te connais, je sais bien que tu vois des correspondances là où il n'y en a pas. Tu te dis que *Sirenyona*, ça ressemble à « sirène », et que peut-être…

Il s'esclaffe et son rire suinte la dérision, la commisération. Je me trompe, m'explique-t-il, *Sirenyon* était jadis le nom donné aux marins qui collectaient une forme d'impôt maritime.

– Disons qu'ils rançonnaient les bateaux qui passaient dans les « eaux territoriales » du village. Des genres de douaniers ou de percepteurs. Rien à voir avec les sirènes... Même si je connais encore aujourd'hui plusieurs descendantes de la lignée qui sont d'assez jolies filles.

Je défends mollement mes intuitions, mes associations d'idées, mes trouvailles. Je me fiche d'ailleurs qu'il ait raison. J'ai besoin de suivre le fil de mon inspiration. Aujourd'hui, mes rêveries sont ma réalité.

– Détrompe-toi, lui dis-je, cela a tout à voir. Les sirènes arrêtent elles aussi les bateaux pour les rançonner.

Il secoue la tête d'un air navré, s'envoie une solide lampée de bière et fait claquer sa langue. Je le coupe dans ses effets :

– J'ai rencontré ton amie, la reine des sirènes. Hier. Dans la colline.

– Ah...

Il ramène ses jambes vers lui et se redresse.

– Et tu lui as parlé ?

– Oui.

– Et qu'est-ce qu'elle t'a dit ?

– Elle veut me vendre l'ermitage de Sant Jordi. Elle dit qu'il est à elle.

Il incline légèrement la tête et se gratte la nuque comme si une bestiole le chatouillait.

– Elle n'a pas tort.

La bière s'est un peu réchauffée. Elle se pare d'un petit goût aigre.

– Tu la connais bien ?

– C'est possible.

Je me lève pour lui faire face.

– Pourquoi tant de mystères ? Tu m'as dit l'autre jour que c'était la reine des sirènes. Qu'est-ce que tu voulais dire par là ?

Il fait le tour du bureau.

– Rien que tu puisses comprendre, mon petit Marceau. Mais ce ne serait pas une mauvaise idée que tu achètes son ermitage. Ou en tout cas, que tu ailles y vivre quelque temps...

Je me rapproche de lui dans la pénombre. Mon visage traverse la traînée poussiéreuse dessinée par la lumière du soir. Les « grosses femmes » dansent à la queue leu leu sur les murs et me jettent des regards égrillards.

– Qu'est-ce que tu veux dire par là ?

Il s'avance vers la porte en bois de l'atelier, lourde, vieille comme la maison, et l'entrebâille pour laisser entrer les dernières lueurs du jour.

– Je veux dire que je m'inquiète pour toi.

La remarque me prend de court. Mais je comprends ce qu'il veut dire. J'attendais même le jour, le moment où quelqu'un allait oser m'en parler. Est-ce que je dérange ? Est-ce que ma présence est-une menace ? Et si oui, pour qui, à part pour moi-même ?

– La guerre est finie. Les gens vont revenir. Et si quelqu'un te reconnaît ? Que diras-tu ? Que feras-tu ?

J'avoue que j'ai tout fait pour ne pas y penser. Que je croyais m'être suffisamment coulé dans la chaux des façades, assez incrusté entre les galets des calades, fondu dans la tuile des toits, glissé dans le chuchotement du vent pour qu'on ne me remarque plus. Je me prenais presque pour l'un de ces geckos qui sont les emblèmes du village. Une présence globuleuse, visqueuse et en même temps rassurante.

– Là-haut, tu seras tranquille. Vraiment loin de tout. Loin des ennuis, surtout. Personne ne voudrait qu'il t'arrive quelque chose.

Il me fait signe de le suivre au-dehors. Le soir tombe sans forcer. La silhouette élancée du promène-couillons, la jolie barque catalane qui emmène les touristes vers Cap de Creus, semble découpée dans du crépon. Des dizaines de feux follets vacillent à la surface de l'eau.

– Je me permets de te mettre en garde parce qu'hier, un journaliste du *New York Times*, pour qui je travaille de temps à autre, m'a appelé pour tout à fait autre chose… Et puis il m'a demandé si je connaissais Marceau.

Touché. Au foie. Comme un uppercut que je n'aurais pas vu venir. Je laisse mon regard dériver sur le vinyle qui glisse jusqu'à l'autre rive. Le soleil commence à faire trempette. Forcément, ce jour devait arriver où quelqu'un allait faire le lien. Je n'ai jamais caché mon amour pour Cadaqués. Mais je feignais de croire que j'étais intouchable, invisible.

– Je vais lui parler.
– À qui ?
– À la reine des sirènes. Je vais lui demander de t'héberger.

Je devrais dire à Alex de se mêler de ses affaires. Mais je n'en fais rien. Je commence à comprendre que je suis aussi devenu son problème. Leur problème.

21. La ville sans nom, mai 2028.
Carnet de Bruno.

En vérité, Mathilde n'avait rien de commun avec nous. Elle venait des beaux quartiers, avait fait ses études dans les meilleures institutions privées de la ville. Son fils était l'enfant d'un élu de droite, violent et alcoolique, qu'elle avait réussi à quitter. Nous étions son refuge, sa diversion. Avec Marceau, elle découchait, elle s'encanaillait.

Ils avaient passé les confinements ensemble et il s'était rapproché du gamin, comme si c'était son propre fils. Le père officiel n'avait manifesté aucun désir de voir son rejeton pendant les périodes d'enfermement.

Je le connaissais, c'était une belle ordure du nom de Frontera, toujours flanqué de gros bras issu du petit banditisme, et nous avions fait le coup de poing plus d'une fois, avant que la pandémie ne réfrène nos envies d'en découdre.

Il s'entendait presque bien avec Étienne. Lorsqu'il avait été élu député de la ville, ils s'étaient affrontés en public ou à la télévision et si Frontera n'arrivait pas à la cheville d'Étienne, il faisait de son mieux : « Nous sommes deux grandes gueules », disait-il.

Il avait bien sûr été l'un des premiers à se rallier au nouveau pouvoir. Il lui apportait son entregent, son bagout, son électorat. Et il permettait au gouvernement d'entretenir l'illusion d'un certain pluralisme en lui laissant diriger cette ville où nous n'étions pas – encore –

interdits, puisque nous y disposions d'une majorité et d'un soutien populaire qu'il était trop risqué, au début du moins, d'attaquer de front.

La vieille frontière entre zone libre et zone occupée reprenait de la vigueur. Éternel recommencement. Combien de temps serions-nous tolérés ? Étienne, réfugié en ville loin de la capitale où il aurait été arrêté comme le reste des nôtres, avait tout de suite compris qu'il fallait prendre les armes, que la trêve ne durerait pas.

Marceau était un optimiste. Il disposait, au début du moins, d'une liberté de parole totale. Et même s'il assurait qu'il fallait «tenir compte de la réalité démocratique», il avait mis sa plume à notre service dès les premières arrestations, et plus encore dès les premières expulsions de masse d'étrangers à destination de pays qui ne voulaient pas d'eux.

Si j'étais ravi de voir mon ami «se radicaliser», ce n'était pas le cas de Mathilde.

22. Cadaqués, mai 2028.

J'ai besoin de nager pour réfléchir. Pour laver mon cerveau de ses impuretés, pour voir plus clairement les lignes directrices, les champs de force, les déviations possibles, les échappatoires. J'emprunte toujours le même parcours, je longe la côte au creux des rochers, je slalome entre les plus volumineux d'entre eux, couverts de leur duvet d'algues, de leur moletons de mousse. Je suis une anti-sirène. Je ne nage qu'avec mes jambes. Un anti-nageur de grand large. Une torpille sans bras. Un brasseur qui coule le long des courants contraires, le nez dans le guidon, un homme espadon, qui évite les lames vives des poissons d'argent, qui méprise le départ outré des gros poulpes dérangés. Je gagne une petite crique où se déploie un tapis d'oursins rouges. Un refuge abrité où ne passe personne. Le chemin des contrebandiers est en surplomb et j'entends distinctement les conversations des passants qui ne me voient pas, qui ne soupçonnent pas ma présence. Je pourrais nager plus loin, filer vers le large, vers le soleil ou vers la lune, me laisser happer par leur bouche rouge ou grise. Ce serait une solution. Une destination. Rejoindre enfin ma chère solitude. Pour l'éternité. Mais à quoi bon avoir fait tout cela ? Et puis, étonnamment, le chant des sirènes m'attire vers la terre, vers les collines, vers la verdure. L'heure n'est pas venue de l'oubli éternel. J'ai encore un rôle à jouer ici. Peu importe lequel. Je ne suis plus maître de rien.

Suis-je amoureux de la reine des sirènes ? Sûrement pas. Je me suis renfermé dans un univers clos, moi-même, qui ne laisse plus de place à personne. J'en ai même écarté les souvenirs. Je me suis barricadé des rêves. Jamais ceux et celle que j'ai aimés avant l'exil ne viennent me rendre visite. Me hanter. Je suis un disque dur effacé. Une page vierge. Une histoire à écrire.

Comédie ? Tragédie ? On verra bien.

Je glisse du rocher, lance un dernier regard au vieux phare, me plonge dans l'eau verte et repars vers la plage.

Je passe la porte de la maison, mais je ne monte pas directement à l'appartement. Sur la gauche, dans l'entrée, se cache une rangée de cagibis qui abritent les compteurs électriques. Je me penche, pose mon sac de plage à côté de moi sur la première marche de l'escalier et pousse le loquet qui ouvre mon placard.

Je n'ai pas entendu arriver José. Il devait surveiller mon retour. Il est là, dans l'encadrement du couloir. À contre-jour. Il se racle la gorge.

– *¿Estás buscando esto?*

Il me tend le sac de toile où j'ai caché le flingue.

– *Lo tomé y lo puse en un lugar seguro.*

Et tu as bien fait, José, de le mettre en lieu sûr. Si tu l'as trouvé, n'importe qui pouvait le faire. Un électricien, un voisin. Je me rends compte qu'il faut que je me réveille, que je reprenne mes esprits. L'incertitude floue de l'exil s'est dissipée. La brume se disperse. Bientôt, quelqu'un viendra. C'est sûr.

José me contemple d'un air triste.

– *¿Te vas a ir?*

– *Sí, en la ermita.*

– *Esto es bueno. Te daré algunas verduras. Allí no crece nada.*

Merci pour les légumes, José. C'est vrai que rien ne pousse là-haut. D'ailleurs, c'est un endroit qui n'existe pas.

J'y serai à l'abri.

Et armé.

23. Cadaqués, mai 2028.

Nous nous sommes retrouvés au même endroit que la dernière fois. Elle toujours aussi peu vêtue. Moi toujours aussi perdu sur ce chemin menant à mon prochain refuge, à mon ermitage. Pour combien de temps ? Je me fais l'effet de ces anciens nazis planqués dans des monastères après l'effondrement du Reich. Un fugitif, un banni. Je ne me demande même pas combien nous sommes dans mon cas. C'était la règle, de perdre tout contact, tout lien. Disparaître pour notre bien, pour la sécurité de tout ce que nous avons incarné.

Elle s'assoit sur une pierre plate, croise les jambes.

– Alex est venu me parler…

– Vous vous connaissez bien ?

– Pas mal.

Inutile de trop en demander, n'est-ce pas ?

– Je ne sais pas encore si j'ai les moyens d'acheter l'ermitage, mais…

Elle me coupe d'un hochement de tête.

– Ce n'est pas ce qui compte, pour l'instant. Vous êtes mon hôte.

– Merci.

– De rien, cela me fera de la compagnie, même si je suis assez sauvage, vous verrez. Et puis j'aime les reclus, les damnés. Nous sommes de la même espèce.

Ma main s'agite nerveusement sur ma cuisse.

– Merci quand même de m'accepter dans…

Je lève les yeux vers la crête, vers la falaise au-dessus de laquelle trône ma nouvelle demeure.

– … votre univers.

Elle sourit.

Un nuage s'efface du ciel et le monde s'éclaire.

– Je n'ai pas à vous accepter. Vous aviez trouvé le chemin tout seul. Il n'y a pas de hasard.

Elle se lève, s'approche de moi et dépose un baiser sur mon front.

Je suis un enfant qu'elle prend sous son aile.

Je la remercie une fois de plus.

Du baiser.

De l'accueil.

De ce qu'elle est.

– Vous arrivez quand ?

– Demain après-midi. Alex va me déposer.

– À demain alors ?

– À demain.

Je redescends le long du sentier. Les figuiers de barbarie me font une haie d'honneur, une escorte. Nul doute qu'ils me préviendront, agiteront leurs moignons hérissés si un intrus se profilait sur le chemin. La mer ce matin est agitée, larmes blanches jetées sur une toile indigo. Des fleurs jaunes se balancent au bout de tiges plantées dans le fossé.

Tout le monde me salue.

Salut.

Au fond de la salle de Can Carlos, dans un renfoncement près de la cuisine, j'ai l'impression de manger les tellines du condamné. Je ne pouvais pas partir, quitter le cœur du village sans une dernière assiette. J'ai pour ces petits coquillages la même passion que je portais, gamin, aux perles chocolatées. Une bruine de saveurs en bouche, une frénésie de bisous tendres, de caramels huilés, aillés, parfumés d'iode et de persil.

En général, quand Carlos Jr s'assied ainsi en face de moi, les bras posés sur le dossier de la chaise retournée, c'est pour me proposer un loup, un pageot, une galinette, un turbot. Son regard est aussi perçant qu'à l'accoutumée, son sourire plus grave.

– Tu ne vas pas rester à l'ermitage éternellement. Et puis nous passerons te voir. S'il le faut, nous te changerons d'endroit. J'ai de la place, là-haut, dans les chais.

J'acquiesce, la bouche pleine.

Le rosé qu'il nous ressert sans compter affiche fièrement ses quinze degrés.

– Il faut juste qu'on puisse voir venir. Qu'on évalue comment les choses se passent. Après, tu reviendras.

Je lui fais remarquer que je bénéficie du droit d'asile. Que les autorités catalanes m'ont assuré de leur protection.

– C'est la moindre des choses. Tu es des nôtres. Mais si la frontière rouvre, tu vas être trop exposé. Et maintenant que la guerre est finie, tes ennemis vont peut-être avoir envie de régler leurs comptes. La frontière est poreuse, tu en sais quelque chose. On ne peut pas prendre de risque.

Je suis, je l'avoue, assez ému du soin que mes amis d'ici prennent de moi. Du danger qu'ils sont prêts à courir. De nos regards un peu voilés, conspirateurs, complices. Je me demande d'où vient leur solidarité. Leurs raisons sont intimes, personnelles. Ne jamais poser de question. S'en poser. L'urgence est de vivre.

– Qui est au courant que tu montes là-haut ?

– Toi, ton père, ton oncle, Alex et Mulligan.

– Et Diane.

Je lève les yeux au plafond crépi.

– La reine des sirènes est une chasseresse.

Carlos pouffe.

– Ouais. Diane Radford, deuxième du nom. Vous aurez le temps de faire connaissance…

Je n'aurai rien d'autre à faire.

Il y a des solitudes plus cruelles.

Le pub de Mulligan est presque vide à cette heure. Les Catalans sortent tard. Le patron a déposé deux pintes de Guinness sur le tapis vert entre nous. Il a beaucoup de choses à me dire. À ne jamais poser de question, j'ai entretenu sciemment mon ignorance. Et en même temps des plages de liberté pour mon imaginaire… Lui se charge de combler les trous, de colmater les brèches, de tout me dire.

Son grand-père est arrivé à Cadaqués dans les bagages de la famille Radford, au début du XXe siècle. Ses aïeux avaient quitté l'Irlande pendant la Grande Famine de 1845 et s'étaient réfugiés à Liverpool, où l'arrière-grand-père de Mulligan avait travaillé très jeune sur les docks avant de s'engager comme matelot. Il avait arpenté les mers de l'Amérique aux Antilles, de l'Afrique aux fins fonds de l'Asie au service de l'Empire britannique et de sa marine marchande. C'est dans l'un de ses nombreux voyages qu'il a rencontré l'un des fils Radford, héritier de l'immense fortune de ces lainiers du Nord de l'Angleterre, vedettes de la jet set des Années Folles. Les deux hommes se sont liés d'amitié et l'Irlandais s'est vu confier l'entretien des yachts que détenaient les Radford sur la Côte d'Azur, à Beaulieu, à Monaco.

Et puis un jour, juste avant la Première Guerre mondiale, le fils Radford a acheté cet ermitage sur les hauteurs de Cadaqués et a demandé à son ami Mulligan de s'en occuper, de le retaper, tout en faisant voguer l'immense barque catalane dont il avait fait l'acquisition pour se promener le long du littoral, de Barcelone à Collioure, avec ses amis et ses nombreuses conquêtes. Radford était un homme à femmes.

Il avait une sœur, Diane, née plus de vingt ans après lui du deuxième mariage de son père. Lorsqu'elle avait huit ans, ses parents sont décédés dans un accident de la route et son frère, n'ayant pas le temps de s'en occuper, l'a envoyée à Cadaqués et a demandé à l'arrière-grand-père de Mulligan de veiller à son éducation, ce qu'il a fait jusqu'à la fin de la Guerre de 14, échappant à la conscription grâce aux relations de son patron.

En 1919 ou 1920, il a laissé la petite sous la garde d'une gouvernante du village, a quitté Cadaqués et est rentré en Irlande. C'était une période floue, complexe et Mulligan n'en connaît pas tous les détails. Il sait seulement que son aïeul s'est engagé résolument dans les combats auprès du Sinn Fein, a fait partie des héros de l'indépendance irlandaise : en 1921, il est rentré en Espagne pour épouser la gouvernante de Diane. Ils ont eu un fils, le grand père de Mulligan, qui est devenu un parfait petit catalan. Quant à Diane, elle est rentrée en Angleterre au milieu des années 1920 pour être éduquée dans les meilleures écoles du pays. Elle revenait sans cesse dans son village de cœur, aux vacances et, sa scolarité terminée, dans les années 1930, elle s'est installée à demeure à l'ermitage.

– Donc la Diane d'aujourd'hui est quoi pour toi, un genre de « cousine de lait » ?

Il s'écarte pour aller servir un couple de clients qui vient de se poser au comptoir et revient vers moi.

– Un genre de petite sœur, même si nous n'avons pas de liens de sang. Que je sache.

Il me fixe derrière la buée de ses lunettes, trempe sa lèvre supérieure dans le bouillon noir de la bière. Dehors, la surface de l'eau du port a la même texture.

Je me demande aussitôt comment ma Diane, notre Diane, la « reine des Sirènes », peut s'appeler Radford, elle aussi ? Mulligan a lu dans mes pensées.

– À la mort de son frère, Diane Radford était la seule héritière de la famille. Elle a eu des enfants, mais ne s'est jamais mariée. Voilà pourquoi notre Diane porte le nom de son arrière-grand-mère...

Le grand-père et le père de Mulligan ont gardé de leur double culture irlando-catalane le même goût de l'indépendance et de la rébellion. Petit, mon ami voyait souvent passer au village des hommes seuls, qui ne parlaient ni l'espagnol, ni le catalan, que son père prenait sous sa coupe et gardait à la maison, avant de leur trouver des endroits discrets où passer quelque temps : des maisonnettes modestes vers la pointe d'Es Caials, la partie de Cadaqués où les touristes ne vont jamais, où ne vivent que des ouvriers, des pêcheurs, des petits retraités de Barcelone ou de Gérone, des mécaniciens à bateau, des surfeurs rastas et des plongeurs en apnée.

Bref, me dit-il, les Mulligan ont passé leur vie à cacher des hommes qui avaient intérêt à disparaître ou à se faire discrets. Il m'explique qu'il m'a à l'œil depuis mon arrivée, qu'il me surveille discrètement pour qu'il ne m'arrive rien. Qu'il a l'habitude de tout cela et que je peux compter sur lui, compter sur les autres. Il me confirme ce que je sais, qu'un certain nombre de militants catalans, en délicatesse avec la justice espagnole, se sont réfugiés ici avant l'indépendance. C'est une vocation de la ville, son ADN. Elle a toujours abrité en son sein les pirates, les réprouvés, les hommes et les femmes sans foi, sans loi, sans patrie. Les pourchassés, les boucs émissaires. Mulligan m'assure que chaque terre a sa destinée, sa raison d'être. Et celle où nous sommes est conçue pour cela, pour être le dernier havre de ceux qui n'ont plus qu'eux-mêmes.

Il me demande si je suis armé. Je le suis.

Il me demande d'être attentif. Je le serai.

Il me dit d'avoir confiance en Diane. Elle est plus forte que nous tous.

Il me dit que bientôt, tout ira bien.

Je m'efforce de le croire.

24. La ville sans nom, mai 2028.
Carnet de Bruno.

Frontera s'était toujours juré de récupérer Mathilde. Et son fils. La guerre, pour lui, a été une bénédiction. Il s'est retrouvé du bon côté du manche, du côté de l'autorité, de la légitimité. Le succès de Marceau, sa popularité, et la relative liberté dont nous disposions encore au début de la guerre le protégeaient. Mais c'était une liberté et une protection fragiles.

Et Mathilde, dans ces conditions, était moins amusée, moins intriguée, moins amoureuse. Un soir, alors que les tensions et les provocations s'accumulaient entre nous et le pouvoir central, elle est partie. Retrouver Frontera. Elle a expliqué à Marceau qu'elle ne pouvait pas rester. Que c'était trop dangereux, qu'elle devait avant tout penser à la sécurité de son fils.

Qu'elle l'aimait.

Mais que c'était la vie.

Que c'était la guerre.

Marceau a encaissé. Je lui ai expliqué qu'une femme comme elle ne quitte jamais vraiment son milieu. Qu'elle leur appartenait. À eux. Aux autres. À l'ennemi.

C'était ainsi depuis la nuit des temps.

Eux.

Nous.

Marceau disait qu'il n'appartenait ni aux uns ni aux autres.

Mais ce n'est pas comme ça que ça marche.

Et Frontera en avait décidé autrement.

25. Cadaqués, mai 2028.

Nous avons déposé dans le coffre mon maigre paquetage ainsi que les énormes bonbonnes d'anchois marinés et deux gamates de tellines à réchauffer offertes par Carlos pour tenir le siège, là-haut. La guimbarde d'Alex est une vieille Clio des années 2010 salement érodée par l'air du large et les assauts réunis de la tramontane, du garbi et de leurs compères anonymes. Mais elle a l'habitude de franchir le petit col qui mène à Figueras et pourrait même nous y conduire les yeux fermés. J'embrasse du regard une dernière fois les arcades où se planque l'atelier d'Alex, la plage urbaine d'Es Pianc, bordée de ses terrasses ombragées de mûriers, l'église Santa Maria en surplomb. C'est elle que j'apercevrais en premier le matin en sortant sur l'esplanade devant l'ermitage, son clocher massif brandi comme un doigt au milieu des meringues et des tuiles croustillantes du vieux quartier. À l'autre bout du port, Casa Colom, la « maison rose » construite en 1900 par un émigré du village parti faire fortune en Amérique, protège ma plage préférée, celle où j'ai aperçu Diane pour la première fois. J'ai décidé de m'accorder le droit de descendre me baigner une fois par semaine au moins. Je ne supporterai pas de rester trop longtemps à pied sec, loin du ressac. Je descendrai avec Diane. Elle me surveillera.

– *Vamos!* me crie Alex.

Carlos est venu et reparti. Mulligan n'est pas là. Ce n'est pas un départ en fanfare. Je ne pars pas, de toute façon. Je bouge. Je me mets au vert.

Nous quittons le village par l'avenguda Soledad-Sirenyona et attaquons le raidillon qui conduit au col. Une légère brume rôde au sommet. C'est là, au carrefour qui conduit au Port de la Selva, que s'engage la route de l'ermitage ; quelques centaines de mètres bitumés, puis une piste de terre poussiéreuse, caillouteuse, mais assez large, où la vieille caisse avance en cahotant. Au bout de deux kilomètres, l'édifice apparaît, plus grand que je ne le soupçonnais depuis mon chemin de caillasse. Diane nous attend à l'entrée du portail automatique de la propriété. C'est la première fois que je la vois habillée, d'une robe à fleurs et d'une paire de tongs roses. Elle s'écarte pour laisser passer la voiture. La maison est une centaine de mètres plus bas, derrière un bosquet d'oliviers. À l'origine, ce n'était qu'une chapelle où les habitants montaient déposer des roses chaque année, le 23 avril pour la fête de Sant Jordi. Quand Radford a acheté le domaine au début du XXe siècle, il a fait construire un premier bâtiment, de style moderniste, qui constitue encore la partie principale de la bâtisse. La chapelle est restée au-dessus, adossée à la nouvelle demeure. Chaque génération a ajouté une aile, une annexe, un étage. Aujourd'hui l'ermitage est plutôt une immense villa, de bric et de broc, témoin des dérives architecturales successives du XXe siècle. Une sorte de Casa Dalí moins délirante, plus fonctionnelle et plus austère.

Diane a pris ma valise, Alex et moi les bocaux de Carlos. Elle me conduit vers une petite chambre à l'étage, munie d'une grande fenêtre en forme de meurtrière. Du lit, en se relevant à peine, on aperçoit la baie à perte de vue, Cap de Creus et au-delà.

– Quand la chapelle a été transformée en ermitage, dès le XVIIIe siècle, le lieu est resté tout le temps habité. Pas par des ermites ou des religieux, mais par un villageois qui surveillait la mer. Ce n'est pas vraiment un lieu saint, plutôt un phare, récite Diane en posant la valise sur le patchwork d'un édredon.

Alex ne peut s'empêcher de ramener sa science et d'expliquer qu'il y a cinq maisons sur le mont Péni et que chacune, en dépit de ses apparences – ferme, villa, chai, ermitage – sert en réalité à surveiller les accès au village. Les cinq ont été rachetées dans les années 1990 par de grandes familles étrangères ou locales – le chai appartient à Carlos et ses frères –, mais ont conservé leur rôle discrètement défensif. Aucun étranger ne peut arriver en ville sans qu'on le sache. Tous sont les bienvenus d'ailleurs, pour l'essentiel.

– Mets-toi à l'aise, me dit Diane, en m'indiquant la petite salle de bain attenante et un minuscule cabinet de toilettes, lui aussi percé d'une lucarne panoramique.

Lorsque je redescends, elle a fait péter le bouchon d'une bouteille de *cava* et elle trinque déjà avec Alex.

– Bienvenue au pays où l'on n'arrive jamais !

– À la terre qui n'existe pas !

– À l'ermitage que ne voient que ceux dont le cœur est pur.

La Clio d'Alex, garée à côté du SUV de Diane, démarre en crissant et crachote des graviers. Un petit signe de la main et le voilà parti.

Bonjour chez moi.

26. La ville sans nom, mai 2028. Carnet de Bruno.

Ça y est. Nous avons rendu les armes. Abdel est encore introuvable, mais Étienne a serré la main de l'homme en noir et ils ont posé devant les journalistes. Pour l'instant, nous sommes assignés à résidence ici, dans cette institution qui est notre maison depuis des mois. Notre prison aujourd'hui. Les quartiers ont été ratissés. Plus de quatre cents kalashnikovs ont été saisies. On parle de plus de deux mille arrestations. Surtout des gamins issus de l'immigration. Ceux qui ont été nos derniers remparts. Parce qu'ils savaient se battre. Qu'ils n'avaient pas froid aux yeux. Et rien à perdre. Parce qu'ils n'avaient aucune raison de se laisser «renvoyer» dans des pays qui ne sont pas les leurs. Des fils et des filles d'ici candidats à l'exil, comme nous... Comme le dit leur abominable ministre de l'Intérieur, qui n'a d'ailleurs jamais caché ses intentions : «les pieds-noirs d'Algérie ont bien été expulsés sans que personne n'y trouve à redire ; c'est le sort inéluctable des minorités lors des révolutions nationales. Et puis, dit-il, leur pays d'origine a besoin de ces forces vives, de cette jeunesse pleine de sève.»

Chacun chez soi.

Tout est perdu.

Et Étienne ne m'a toujours pas dit quel accord il a conclu. On dirait qu'il évite d'aborder le sujet.

27. Cadaqués, mai 2028.

Nous passons ces premières journées à nous éviter. Elle part courir, je lis. Je découvre les petites sentes alentour, aussi désertes, aussi magiques que tout ce secteur préservé. Je monte au sommet, jusqu'aux barrières du radôme de l'armée espagnole, voir approcher les lambeaux de nuages noirs qui viennent s'accrocher tous les soirs à la crête. Ils baignent la maison d'un crépuscule bleu pétrole et rôdent un moment, comme des émissaires de mes ennemis, ou des drones voyeurs sur les traces de Diane. Ils ne pénètrent pas sur le domaine, s'arrêtent à sa lisière, comme si le royaume magique de la reine des sirènes était protégé, les empêchait d'aller plus loin. Quand la nuit tombe vraiment, ils s'en vont. Ils me rappellent pourtant, quotidiennement, la menace qui plane sur nous. Mais Diane sourit quand je lui dis ça. Elle les connaît bien.

– Il y a longtemps que j'ai apprivoisé les nuages.

Un soir, il y a un orage terrible. Une boule noire roule sur les oliviers comme dans un jeu de quilles. Diane pousse des petits cris. Elle retire précipitamment sa robe bleue, sa culotte, et s'en va courir au-devant du monstre. Je l'aperçois sur l'esplanade, les bras en croix, qui laisse le déluge déferler sur son corps. L'eau âcre roule sur sa peau, lisse sa chevelure, elle sourit à la mer. Dans ce contre-jour crépusculaire, elle est une figure christique transpercée par la pluie. Puis la trombe déboule le long du petit chemin, s'étiole en direction du port et se disloque dans le soleil couchant, abandonnant sur les arbustes des traînées mauves de barbe à papa.

Diane rentre, du sourire plein la face, s'ébroue à la chienchien et vient se poser sur l'âtre de la cheminée éteinte.

– J'adore les orages. J'ai l'impression d'être un totem, la grande prêtresse qui marie le ciel, la terre et l'eau.

Elle éclate de rire.

– *Bullshit!*

J'ai passé l'après-midi à écrire un poème. Je n'avais plus écrit une ligne depuis mon arrivée. Premières strophes d'exil.

Sol y sombre

Tu marches nue sur le chemin
Et la nature s'en contrefiche
Le vieux mur et les figuiers nains,
La caillasse et le sol en friche,
Te prennent pour un gros lapin,
La sœur des tout petits qui nichent
Là-haut et font tout un tintouin
Lorsque le jour quitte l'affiche.
Tu marches et tes fesses de lune
Font la nique au soleil mutin,
Qui se dresse jusqu'à la hune,
Pour mordiller tes petits seins.
Tu montes à l'assaut de toi-même,
Pour voir si là-haut la vue t'aime,
Si la bise sur ton visage
Embrasse mieux le paysage.
Et moi je ne suis que ton ombre,
Ton amoureux, ton âme sombre,
Que la lumière d'août écrabouille
Que ta beauté change en grenouille.
Je me faufile dans les crevasses,
Je me glisse partout où tu passes,
Je te rejoins et tu t'effaces,
Je ne te vois jamais de face.
Les oliviers font la courbette,
Prosternés devant ton été,
Moi, je sais bien qu'on ne peut être
Et avoir été.
Je serai toujours à la traîne,
Et dans ton sillage de reine.

Je suis un souffle sur ta nuque,
Ton garde du corps, ton eunuque,
Je suis la mouche sur ta joue,
Et le vent discret qui te frôle,
La mèche avec laquelle tu joues,
Ce doux frisson dont tu raffoles,
Tu marches nue en plein midi
Sur le chemin de Sant Jordi,
Frêle comme une sortie de rêve
Telle une bulle qui se crève,
Belle comme le jour qui se lève
Enfin.

Pas question de le lui lire. Surtout pas. D'autant que souvent, la poésie dépasse la pensée. Je ne la guette pas. Je ne l'admire pas. Je ne l'aime pas. Nous vivons là tous les deux, réunis par le hasard ou la nécessité. Et ce n'est pas désagréable. Le lieu impose ses distances. Diane n'est pas tactile, ni très chaleureuse. Pas froide non plus, ni tiède. Elle est simplement l'âme de l'endroit, sa sainte vierge, sa statue de marbre, sa muse, celle qui donne le sens. Cette ambiance si particulière qui m'attire depuis mon retour à Cadaqués, je comprends que c'est elle qui la crée, qui la fait vivre. J'ai l'impression que si elle partait, les lapins, les musaraignes, les grillons, les criquets, les oiseaux reviendraient et que la colline s'agiterait d'un furieux tintamarre. Mais la reine des sirènes les fige, à croire qu'elle a le pouvoir d'arrêter le temps, d'imposer le silence. Peut-être que les immenses figuiers de barbarie qui dressent leurs poings malhabiles dans notre direction sont des assaillants qu'elle tient en respect, le temps de sa présence.

Je comprends qu'ici, dans le champ magnétique de Diane, il ne peut rien m'arriver. Je n'ai encore rien vu de ses super pouvoirs. Peut-être que le soir, quand je suis endormi, elle s'envole vers la galaxie lointaine dont elle est originaire.

Je ne vois pas d'autre explication à l'atmosphère qui règne ici.

Le soir, nous buvons plus que de raison à faire de longues parties de scrabble, en anglais, qu'elle gagne avec constance. Certaines nuits, elle file en douce. J'entends le SUV glisser sur les gravillons. Elle rentre au lever du soleil, les cheveux en bataille, l'haleine lourde.

Je ne suis pas son père.

Un matin, elle me tire du lit aux aurores. Il doit être six heures. Elle est sapée comme Lara Croft, rangers aux pieds, mini short, débardeur kaki, lunettes noires. Le soleil n'est même pas levé. Elle brandit devant elle un Beretta 92 un peu usé, une antiquité des années 70, mais une redoutable arme de poing.

– Lève-toi et sors ton flingue !

Ça la fait beaucoup rire. Je m'étire, sors du lit et lui révèle pour la première fois mon intimité. Mais elle s'en fiche éperdument. Je fouille sous le sommier où j'ai glissé mon Glock 19.

– Viens, dit-elle, on va faire un concours.

J'ai assez de munitions pour une petite séance de tir, alors pourquoi pas ? Ça me dérouillera. J'enfile un short, un tee-shirt à l'effigie des Ramones et nous voilà partis sur une piste embroussaillée en direction de Roses. La trace file au milieu des arbustes jusqu'à un plateau en surplomb de l'immense rade dessinée par la plage de sable de la station balnéaire. Des dizaines de figuiers de Barbarie lèvent les bras en nous voyant arriver.

– Le plus à gauche, j'y coupe la tête.

Pan ! Elle a dégainé et tiré instantanément. La balle traverse la chair de la feuille supérieure, qui éclate comme un fruit mur.

– Joli coup !

J'indique la plante la plus à droite, dix mètres plus loin, l'ajuste à peine et la décoiffe d'un tir précis. En plein dans le mille. Je n'ai pas trop perdu la main.

– Wow !

Diane diablesse, Diane chasseresse en prend plein les mirettes.

– On m'avait dit que tu tirais bien !

Le concours se poursuit. Au sol, en l'air, bing, bang, les pauvres cactées en prennent pour leur grade. Je gagne. Mais c'est normal.

Elle se jette dans mes bras et m'embrasse sur la bouche.

– Tu es un tueur, tu sais ?

Non. Un tireur. Pas un tueur. C'est bien tout le problème. Le tir a toujours été une passion, un passe-temps non violent. Il me concentre, me recentre, condense mon énergie, ma vision des choses. Je n'y ai jamais rien vu de destructeur, de nocif. Je n'ai jamais tiré sur un animal. Je ne peux pas en dire autant des hommes. J'actionne la sécurité et plonge le Glock dans mon short.

– Assez joué pour aujourd'hui. Où as-tu appris à tirer ?

– Ma mère.

Comme si cela allait de soi.

– Et toi ?

Moi ? Bah, quelle importance ?

Nous repartons vers l'ermitage. Les mauvaises herbes me lacèrent les cuisses. J'ai une faim de loup. À défaut d'agneau, une tranche de *jamon* et quelques lamelles de *manchego* feront l'affaire. Diane boit du thé English Breakfast. Comme moi.

Le soleil se lève par-dessus le radôme et lui fait une auréole écarlate.

– J'ai vu une statue au cimetière de Cadaqués. Une jeune femme de marbre sur une tombe massive. C'est ton portrait craché.

Elle se retourne, ouvre de grands yeux de biche farouche.

– C'est normal. C'est moi.

Allons-nous continuer longtemps à jouer au chat et à la souris ?

28. La ville sans nom, mai 2028. Carnet de Bruno.

Je crois que tout a basculé avec le duel. C'était une idée grotesque, aussi grand guignolesque et pompeuse que ce régime psychopathe. Frontera avait déjà regagné sa femme et son fils, mais il lui fallait éliminer son rival, et son pire ennemi politique.

Marceau.

Le poète.

Frontera avait été militaire. Capitaine de vaisseau dans les fusiliers marins commandos avant de se lancer dans la politique. Comme tous ces malades, il avait une passion pour les armes. Il ne pouvait pas assassiner froidement l'ex-amant de sa femme, le gouvernement prétendait toujours s'appuyer sur la légalité, la légitimité. Alors un petit duel...

D'abord, cela ferait bien en ville puisqu'un ancien édile local s'était lui aussi battu en duel, soixante-dix ans plus tôt. Et puis quelle chance avait Marceau ? Un poète !

Cet abruti de Frontera ne pouvait pas savoir, ou il était mal renseigné. Marceau était le fils d'un flic, qui ne supportait pas d'ailleurs la haine que nous vouions à la police, malgré son inféodation au pouvoir. Depuis ses plus jeunes années, il tirait, au pas de tir où son père l'emmenait régulièrement. C'était leur moment à eux, leur instant partagé, l'endroit violent où s'exprimait leur amour mutuel. Si Marceau avait l'art des mots, son père avait celui du silence. Et leurs armes parlaient pour eux.

Un duel. Quelle mauvaise idée, Frontera !

29. Cadaqués, mai 2028.

Ce matin, alors qu'elle est partie courir, je décide de faire le tour du propriétaire, puisqu'elle ne m'y a pas convié depuis mon arrivée. La maison n'est pas immense, mais pleine de recoins. L'ajout successif d'ailes, de strates, de chambres, de passages, d'escaliers, en a fait un petit labyrinthe qui place sa chambre à des années lumières de la mienne. Depuis mon arrivée, je n'ai pratiquement mis les pieds que dans ma petite tour d'ivoire avec vue mer, dans ma salle de bains, dans le vaste salon qui ouvre sur la baie et dans la cuisine. À l'extérieur, un vieil appentis fait office de véranda et l'esplanade a été dallée. Une longue table permet d'y boire l'apéritif, de dîner dehors. Nous ne l'avons jamais fait. Nous ne sommes que deux et nous mangeons souvent séparément. Je réchauffe les tellines de Carlos, je fais griller du pain que je frotte d'ail et de pulpe de tomates, un filet d'huile d'olive et je glisse dessus les anchois que je pioche dans les bonbonnes. Les anchois de Cadaqués se vantent d'être les meilleurs de la Méditerranée, ils sont légèrement plus foncés que les autres, rougeauds, ils marinent plus longtemps, sont dessalés avec un soin jaloux. Carlos Jr m'a raconté qu'avant la Guerre civile, la famille Pont, dont la maison Art Nouveau est l'une des plus belles du Passeig, le front de mer, avait construit à Cadaqués la plus grande usine de salaisons et d'anchois de toute l'Espagne. Il n'en reste plus rien, que cette tradition et ce goût unique.

Je monte les marches disjointes, je pousse les portes.

Des placards, des chambres où les lits sont faits, des volets clos, d'autres entrouverts. Un cabinet de toilette, un autre. L'édifice est presque bâti en colimaçon autour de la petite chapelle de Sant Jordi et, à la sortie d'une volée de marches qui contournent le clocher, je remarque une porte en bois ouvragée, avec une lourde poignée de fer forgé en forme de gecko. Je l'abaisse, actionne le clapet et pousse.

La pièce est presque aussi grande que le salon. Le plafond plus haut que dans les chambres. Des étagères en bois sombre courent le long des murs, gorgées de livres. Au centre de la pièce, carrelée de tommettes pourpres, une simple table de bois est couverte d'ouvrages, de dossiers, et je reconnais le minuscule ordinateur portable que Diane trimballe parfois jusque sur la terrasse pour tapoter, publier des posts sur Instagram. Je me tiens à distance des réseaux sociaux. Je me connecte sur Internet via le wifi de la maison, avec un VPN branché sur un serveur suisse. Tous mes comptes sont désactivés. J'ai effacé toutes mes traces.

Je m'approche des galeries où les ouvrages de toutes époques semblent avoir été disposés au fur et à mesure, sans souci d'ordre ou de classement. La plupart sont en anglais. De vieux grimoires du début du XXe siècle aux couvertures vert pomme ou bouteille, des *paperbacks* des années 60, avec des vamps délurées et des détectives taillés à la serpe, des classiques Penguin. Mais aussi pas mal d'ouvrages en catalan. En français. Des beaux livres de photos, Derain, Duchamp, Dalí, Picasso, Miro, Richard Hamilton. Toute la jet set artistique de Cadaqués. J'avise quelques toiles sur les murs. Un dessin au fusain qui me rappelle ceux que j'ai vus à Figueras, dans le théâtre-musée du maître moustachu. Et puis, dans un petit recoin, une série de portraits… de Diane.

De tous styles, de toutes époques. Un cubiste, un impressionniste, un hyperréaliste. J'essaie de m'approcher dans la lumière pour déchiffrer des signatures, des dates. Sur le mur d'en face s'affichent des dizaines de photos en noir et blanc. De Diane toujours… Avec Dalí et Gala, en train de jouer aux échecs au Casino avec Duchamp, à la plage avec d'autres jeunes gens, bras-dessus bras-dessous avec un lord élégant sur les quais de la Pujada des Piancs. Mais aussi, planqués contre le montant de la bibliothèque, des nus : Diane posant dans un atelier, Diane nue à la mer au milieu de jeunes femmes en maillot. Je crois reconnaître l'une d'elles : Anna-Maria, la jeune sœur de Dalí, dont j'avais lu l'un des livres sur Cadaqués, voilà des années.

Je me sens un peu coupable. Voyeur. Mais bon, Diane ne m'a rien interdit. Je suis un hôte de passage et la porte n'est pas fermée.

Je ne pense pas qu'elle cherche sciemment à me cacher des choses. Ou alors, comme moi, elle fait de sa visibilité, de sa nudité, un voile paradoxal, une couverture ?

Je bats en retraite, cependant. Je dirai à mon hôtesse que j'ai fureté, je lui ferai part de mes découvertes. Au moment de tourner les talons, j'aperçois un dossier posé à côté de l'ordi. Une phrase a été écrite sur la couverture, au marqueur noir : *Where the fuck is Malcolm?*

Où diable est Malcolm ?

Je vous le demande.

Le soir, je repense au dessin de Dalí que j'ai repéré dans la bibliothèque. J'ai su instantanément qu'il était de lui parce qu'il ressemble à s'y méprendre à un autre fusain du maître, *La Sirène et le dauphin.* Là encore, la sirène chevauche un animal hybride, un peu équin, un peu dauphin, un peu hippocampe, mais son visage est tourné vers le spectateur. Elle porte une couronne et brandit un trident, à la Neptune. Ce sourire narquois, ces fossettes espiègles ne laissent aucun doute sur l'identité du modèle. C'est assez étonnant parce que si le dessin date de la même époque que *La Sirène et le dauphin,* c'est qu'il a été exécuté dans les années 1970. Ce ne peut pas être la jeune femme sur les photos des années 1920. Ou alors l'a-t-elle marquée à ce point ? Se souvenait-il aussi précisément de ses traits, toutes ces années plus tard, pour la représenter aussi fidèlement ? Et cela ne peut pas non plus être Diane, qui n'était pas née…

30. La ville sans nom, mai 2028. Carnet de Bruno.

Lorsque Frontera l'a provoqué en duel, Marceau a éclaté de rire. Il n'était pas question qu'il accepte. C'était ridicule. Et il n'avait aucune envie de tuer Frontera, même si ce type était une crapule qui lui avait piqué Mathilde.

– Tu comprends, disait-il. On ne devient pas tueur. On le naît. J'en suis persuadé. Certains sont capables de tuer, sans état d'âme, sans hésitation. Ces hommes, ces prédateurs, sont ceux qui dénaturent l'humanité, qui sont la cause de ce que nous vivons. Je ne peux pas me rabaisser à leur niveau.

– Mais tu leur fais bien plus mal avec ta plume, Marceau ! Et nous sommes en guerre ! Est-ce que tu imagines le retentissement qu'aura ce duel si tu tues Frontera ? Tu vas redonner de l'espoir au peuple, aux nôtres, à tous ceux qui comme nous combattent ce régime. Nous avons besoin de héros, Marceau !

– Je ne suis pas un héros, avait-il répondu. Je suis un poète.

31. Cadaqués, mai 2028.

Je ne sais pas s'il y a longtemps qu'elle est là. Ou si elle vient de se glisser contre moi. Je me réveille en sursaut avec sa bouche sur ma peau. Je cherche ses cheveux pour m'assurer que c'est bien elle. Qui d'autre ? Une sirène ? La meurtrière de ma chambre découpe la scène en deux parties égales. Une éclairée par la lune et qui révèle ses pieds, l'autre qui dissimule le reste de son corps. Sa peau n'est pas vraiment douce. Plutôt lustrée. Ses yeux, percutés par le reflet du miroir pendu au-dessus du lit, luisent dans la pénombre comme ceux d'un chat. Elle me mordille. Avec les mains, elle me jauge, elle me soupèse, elle me réveille.

Elle s'emmanche à moi sans effort, un petit sourire aux lèvres qui s'évase encore et encore. Rayon de lune. Ses yeux vont et viennent entre l'ombre et la lumière et elle respire comme lorsqu'elle sprinte de retour d'un de ses footings. Je n'ai rien à faire, rien à dire, alors je ferme les yeux et je ne pense à rien… L'oubli est total, je vais m'effacer en elle.

– Attends…

Elle me retient du plat de la main. Se crispe et se cabre. J'abandonne la lutte. La lune. Le soleil. La lune. Le soleil. Jusqu'à l'éclipse.

Elle soupire longuement, secoue la tête et se hisse hors du lit.

Elle se lève, ouvre la porte et s'en va.

Au réveil, je ne sais pas si j'ai rêvé. Mais non. Des traces de l'embuscade subsistent. Je descends au salon, inspecte la cuisine. Elle est passée avant moi, un mug dans l'évier en atteste. Je me prépare mon petit déjeuner habituel. Pain noir, manchego. Elle a ramené hier une tortilla de la boulangerie Es Fornet, elle sait que j'en raffole. L'œuf et la pomme de terre sont tellement imbriqués l'un à l'autre qu'on ne peut les distinguer. Un léger goût d'oignon vient compléter le tout. Je me pose sur la terrasse et la vois arriver de loin, décidée, en nage, prête à en terminer de sa sortie par une petite poussée en cardio.

Wooooof.

Elle s'immobilise devant moi, la peau constellée de larmes de sueur.

– Tu as bien dormi ?

– Oui.

– Tu me prépares un thé ? Je prends une douche et j'arrive.

Elle disparaît dans les entrailles de la maison. Je me recoupe une part d'omelette.

Je n'ai pas vraiment bien dormi, en vérité. J'aurais dû, je pense. Elle m'a libéré de tant de tension accumulée. Mais non. J'étais comme lessivé, exténué, trop épuisé pour dormir. J'ai sorti mon ordi et j'ai tapoté sur les moteurs de recherche. Je sais bien qu'Internet a réponse à tout, que c'est même une des raisons pour lesquelles je m'en méfie. La technologie ne laisse plus la moindre part au mystère, à l'imaginaire. Tout s'y trouve pour qui sait chercher. Même moi.

J'ai tapé Diane Radford. Et j'ai trouvé.

J'ai tapé Malcolm Radford. Et j'ai trouvé aussi.

La revoilà, pas plus habillée que tout à l'heure, seulement propre et séchée, les cheveux mouillés ramenés en arrière.

– Alors, tu racontes quoi ?

Le fond de ma tasse de thé est tiédasse.

– C'est qui, Malcolm Radford ?

Elle se braque et me jette un regard exaspéré. Elle balance son bras en l'air comme le bâton d'une majorette.

– Mais on s'en fout de Malcolm Radford ! C'est de toi qu'il s'agit ! Tu crois que je t'ai fait l'amour pour tes beaux yeux ?

Elle s'esclaffe et en fait des tonnes.

– Non, non et non. Je l'ai fait pour briser la coquille, pour que tu sortes de toi-même. Rien, tu ne dis rien sur toi, sur tes attentes, sur…

Je la coupe, sur la défensive.

– C'est parce qu'il n'y a rien dire.

– *Bullshit !* Il faut que tu déverses ton fiel sinon tu vas imploser. Tu n'es pas en exil à Cadaqués, tu es en exil en toi-même. Tu es en train de te perdre au fond de ton orgueil, de ta méfiance, de ta peur !

Je ne sais pas quoi dire.

Elle n'a peut-être pas tort, mais elle me bouscule trop, elle brusque trop mon système de défense. Je me suis en effet roulé en boule, en mode survie, je ne peux pas me déployer sans me froisser un muscle, sans endommager une articulation grippée.

– Je ne suis pas replié sur moi-même. Au contraire. Je suis à l'écoute du monde, de la terre, de la mer, du vent, des plantes…

Elle s'assoit sur la margelle en tuile de la cheminée, croise les jambes, pose son menton dans sa main, exactement dans la même pose que la statue de Soledad Sirenyona dans le cimetière.

– Mais les gens ! Les gens ! C'est avec eux qu'on vit. Pas avec les plantes.

Je souris. Je tourne la tête, façon grand angle.

– Mais non. Ici, c'est un ermitage, conçu précisément pour ceux qui veulent s'éloigner des gens, comme tu dis. Je n'ai plus rien à voir avec les gens, ou en tout cas avec le monde, toute cette organisation viciée des gens, qui au lieu de les rapprocher les oppose, les pousse à s'entretuer plutôt qu'à s'aimer. Je m'en fous, des gens.

Elle se relève et se met à arpenter le salon.

– Ce n'est pas vrai. Tu es juste un amoureux déçu des gens. Ils sont moins bons que tu ne l'espérais. Mais il y a moi, Alex, Mulligan, Carlos. Et chez toi, au pays, je suis sûr qu'il y a encore des gens que tu aimes.

Je pose ma tasse par terre devant moi.

– Qui était Malcolm Radford ?

Elle s'arrête de faire les cent pas.

– Oh et puis merde, va te faire foutre.

Elle sort sur l'esplanade d'un pas rageur.

– Tu vas où ?

– Me faire sauter par les petits soldats du radôme !

32. Cadaqués, mai 2028.

Diane Radford

Diane Radford (née le 8 janvier 1911 à Kensington, Londres, et morte à Paris le 10 mai 1962) est une aristocrate anglaise, modèle, peintre, poétesse, amie et muse des surréalistes.

Biographie

Diane Radford est la fille de Stephen Radford (1861-1915), second Lord Grasmere, figure du parti conservateur et catholique fervent, héritier de l'empire lainier construit par son père en Irlande et dans le Sud de Londres à la fin du XIXe siècle. Sa mère, Emma Louise Bennett, était la deuxième épouse de Stephen Radford. À la mort du couple dans un accident de la route en 1915, Diane est confiée à son frère Malcolm (1900-1938), qui l'envoie dans l'ermitage que ses parents ont acheté dans le village de Cadaqués, sur la Costa Brava en Catalogne. En Espagne, Diane se lie avec Anna-Maria Dalí, la sœur de Salvador Dalí, et à toute la jeunesse intellectuelle de Barcelone et de Figueras qui vient régulièrement en villégiature dans le village. Elle devient bientôt l'amie, la confidente et l'égérie des amis de Dalí, comme le poète Federico García Lorca, la sculptrice Maria Llimona, les peintres Olga Sacharoff, Ángeles Santos Torroella ou la poétesse Clementina Arderiu. Dans les années 1930, elle se lance elle-même dans la peinture, représentant notamment des sirènes dans des criques d'un bleu profond. Dalí, Santos Torroela, ainsi que Maria Llimona et son père Josep, vont souvent l'utiliser comme modèle sous la forme d'une sirène.
À partir de 1936, la Guerre civile espagnole disperse les artistes catalans. Malcolm Radford, le frère de Diane, disparaît en 1938 dans des circonstances troubles. Son corps n'est jamais retrouvé. Diane Radford retourne vivre en Angleterre à partir de 1938, avec sa jeune fille Daphné,

et réside à Londres jusqu'à la fin de la Seconde Guerre mondiale. À la mort de son frère, elle devient l'unique héritière du groupe Radford. Après la guerre, elle retourne vivre en Catalogne, mais a renoncé à peindre. Elle crée une fondation à son nom et devient une mécène d'artistes britanniques et catalans. Elle partage alors sa vie entre Londres, Cadaqués et la France et meurt à Paris en 1962. Salvador Dalí lui a dédié une toile : *La Reine des Sirènes*.

***

Malcolm Radford

Malcolm Radford (né le 13 avril 1900 à Londres et disparu en 1938) est un aristocrate et homme d'affaires et banquier anglais.

Biographie

Malcolm Radford est le fils de Stephen Radford (1861-1915), second Lord Grasmere, figure du parti conservateur et catholique fervent, héritier de l'empire lainier et immobilier bâti par son père en Irlande et dans le sud de Londres à la fin du XIXe siècle. Sa mère, Lucy Chloe Carleton, est une ancienne préceptrice de la famille royale britannique.

À la mort de son père et de sa deuxième épouse dans un accident de la route en 1915, Malcolm prend le contrôle du groupe familial qu'il développe en créant une banque d'investissement immobilier. Proche des milieux catholiques les plus conservateurs, il passe une partie de son temps en Catalogne et soutient activement les milieux traditionnalistes, carlistes et franquistes et notamment le *Socorro Blanco*, le Secours blanc, une organisation clandestine hébergeant et aidant à fuir les militants catholiques pourchassés par les Républicains. Soupçonné d'avoir aidé des traditionnalistes à passer la frontière, il disparaît, probablement lors d'un séjour en Espagne en 1938. Son corps n'a jamais été retrouvé. On soupçonne qu'il a été assassiné par des Républicains, mais rien n'a jamais été prouvé.

À sa mort, sa sœur Diane, artiste proche de Salvador Dalí, hérite de la fortune familiale.

J'essaie de faire le lien entre ces notices, à l'exactitude toujours discutable, et ce que Mulligan m'a raconté ou ce qu'il a laissé dans l'ombre. La Reine des sirènes, c'est donc l'arrière-grand-mère de Diane. La sirène originelle. Cette femme délurée, en avance sur son temps, que j'ai repérée sur les photos dans la bibliothèque. Le portrait craché de *ma* Diane. J'imagine que le titre se transmet de mère en fille et que mon hôtesse en est la digne héritière. Si j'en crois la biographie fournie par Wikipédia, la grand-mère de Diane s'appelait Daphné. Je cherche à nouveau à ce nom. Je trouve quelques photos des années 1960 d'un joli mannequin canaille. Elle est un peu différente de sa mère ou de sa petite-fille, avec un nez plus fort, une silhouette plus menue. Elle pose dans une robe Cardin, dans un ensemble de style Mary Quant. C'est peut-être le modèle qui a servi pour le dessin affiché dans ma salle de bain. À moins que ce ne soit la mère de Diane, sur laquelle je ne trouve rien. Je déniche peu d'informations biographiques sur Daphné, si ce n'est qu'elle est née en 1938 à Figueras. Tiens donc… Ce n'était pas l'endroit le plus tranquille où voir le jour, cette année-là. Surtout avec un oncle comme le sien.

Quelques articles assez courts et espacés dans le temps évoquent la mort de Malcolm. Mais ce sont essentiellement des supputations, qui ne font que répéter ce que la bio de Wikipédia laisse entendre. Il se trouvait en Espagne en 1938 pour aider les militants pro-franquistes. Il a disparu à cette époque. La conclusion s'impose d'elle-même… S'il avait été du bon côté de l'histoire, son destin aurait passionné les chercheurs, il aurait une rue à son nom à Cadaqués ou Figueras, mais ce n'est pas le cas. L'oubli et l'effacement éternel sont souvent les dernières demeures des salopards, même si je suis bien placé pour savoir que la frontière entre le bien et le mal est poreuse pendant les guerres civiles. Comme lui, vais-je m'évanouir du jour au lendemain, sans laisser ni adresse ni cadavre ? Suis-je déjà en phase de décomposition, d'annulation ?

Un homme qui avait sa fortune n'a pas pu disparaître sciemment, volontairement. C'était sans aucun doute une ordure, mais je peux comprendre que Diane ait envie, besoin de savoir ce qu'il est devenu. L'histoire des Radford n'est pas simple. Elle ressemble à ces sagas familiales à l'eau de rose qui font rêver les midinettes. Les parents tués sur la route, l'héritier disparu, la jeune sœur fille-mère.

Et c'est là que se pose la question la plus brûlante, que s'ouvre le trou le plus béant de l'intrigue : qui était le père de Daphné ?

33. La ville sans nom, mai 2028. Carnet de Bruno.

Marceau a finalement accepté ce duel. Mais avait-il le choix ? Se défiler était impossible et même s'il n'épousait la cause que du bout des lèvres, il était de notre bord. C'était la guerre. Il ne pouvait pas nous trahir, nous laisser tomber.

Étienne est persuadé que ça l'arrangeait bien, ce duel :

« Tu comprends, me disait-il à l'époque, Marceau en a assez de la pression qu'il subit. Je suis sûr qu'il veut s'enfuir, quitter le pays, oublier et se faire oublier. Ce duel en est l'occasion rêvée... »

C'est vrai que Marceau ne cessait de me dire : « Si la majorité des gens de ton pays soutiennent des idées qui te sont insupportables, est-ce encore ton pays ? »

Je lui faisais remarquer que si les Résistants français de 39-45 avaient pensé comme lui, nous serions tous Allemands !

« Ton pays, c'est tes idées ! lui disais-je.

– Précisément ! répondait-il. »

Mais pour Étienne, ce duel était une aubaine.

« Tu comprends, Bruno, s'il gagne, c'est un héros. S'il perd, c'est un martyr. Et nous sommes gagnants dans les deux cas de figure... »

34. Cadaqués, mai 2028.

Un coup de gong tonitruant. Voilà deux semaines que nous n'avons pas reçu la moindre visite. Même le couple de Boliviens qui vient faire le ménage régulièrement à l'ermitage n'est pas passé. Il aurait été difficile de leur cacher ma présence et, pour Diane, c'était trop risqué. Toute une diaspora sud-américaine, essentiellement bolivienne et colombienne, passe six à neuf mois de l'année à Cadaqués avant de rentrer au pays. La plupart logent dans plusieurs barres d'immeubles modestes tout près de mon appartement, sur les hauteurs. Les hommes ne sont pas les moins casse-cous en scooter et ils garent leurs engins devant un petit bistrot anonyme, planqué dans un virage, à deux pas de chez moi. J'y suis allé boire quelques bières, de temps à autre. Les tapas sont grasses et pimentées, l'atmosphère bouillante et souvent hostile passée 21 heures et un taux d'alcoolémie frisant la correctionnelle. Les femmes descendent de leur colline avec des bambins plein les pattes, qu'elles conduisent au jardin d'enfants en haut de la rue piétonne. Elles me font toujours un petit signe de tête quand je remonte mes bonbonnes d'eau du village. J'en connais une ou deux, et elles m'ont raconté qu'avec l'argent qu'elles gagnaient ici, elles étaient des notables dans leurs pays, des riches. Serveuses, bonnes à tout faire, plongeurs, commis de cuisine, mécanos, cette petite communauté latino fait tourner Cadaqués, dans les coulisses, dans les cuisines, dans les arrière-salles. Mais je n'ai jamais entendu une plainte, une récrimination. Le système est bien rodé et tout le monde semble y trouver son compte. Ramon, un Colombien qui est venu deux ou trois fois faire des menus travaux chez moi, me disait que c'était un étrange retour de manivelle. Les grandes familles de Cadaqués ont souvent fait fortune en Amérique avant de revenir au pays. C'est ce que font à leur tour aujourd'hui les Colombiens et les Boliviens. Bêtes de somme à Cadaqués, nababs à

Medellin ou à la Paz. En vérité, la plupart des saisonniers viennent de Cochabamba, la troisième plus grande ville de Bolivie, une cité du « printemps éternel » au climat tempéré, perchée à 2 500 mètres d'altitude. Je comprends pourquoi mes voisines ont moins de mal que moi à gravir la petite côte qui conduit à mon immeuble.

Diane s'est levée, a dit que ce devait être Carmen. Elle a actionné le portail de l'entrée. Une camionnette blanche est venue tournebouler doucement le gravier de l'allée. *Cadaqués Sushis.* Je suis sorti sur le perron. Diane est allée à la rencontre de ma villageoise préférée.

Carmen a apporté des bouteilles de rosé, et assez de sushis pour nourrir la moitié du Japon. Elle s'est approchée, les bras chargés, et m'a fait la bise. C'est une première qui m'a touché plus que je ne l'aurais imaginé. Je lui ai pris un sac frigorifique des mains et nous avons déposé tout ce butin dans la cuisine.

Il est près de onze heures, et Diane estime qu'il est assez tard pour attaquer le rosé. Je dégoupille une bouteille de Terra Remota et nous trinquons. Carmen, sans jamais se départir de la douceur naturelle de ses traits, prend un air grave en levant son verre.

– Un homme est en ville. Il te cherche.

– Un homme ?

– Oui, quelqu'un de chez toi. Il dit s'appeler Bruno. Il est passé à ton appartement et est tombé sur le vieux José, qui lui a dit qu'il ne t'avait pas vu depuis des années. Le type a demandé s'il pouvait voir l'appartement, que ça lui rappelait des souvenirs. José a répondu qu'il n'avait pas les clefs. Quand le gars est parti, José a envoyé sa fille chez Mulligan pour le prévenir. Il va m'appeler dans cinq minutes pour te parler.

Diane se tourne vers moi, l'air inquisiteur.

– Tu le connais ce Bruno ?

– Oui.

– Et ?

Et je ne sais pas. Bruno connaît bien Cadaqués, en effet. Il y est venu en vacances chez moi à plusieurs reprises avant la guerre. Bien sûr qu'il se doute que je suis ici. C'est la logique même. Et pourtant… Lui faire confiance ? Je ne sais pas. La guerre est finie, quels accords ont passé les miens avec le pouvoir ? Que veulent-ils ?

Pourquoi Bruno est-il là ? Il fait partie de ceux qui m'ont poussé à partir, qui m'ont convaincu que ma tête était mise à prix et que j'étais une des cibles prioritaires de nos ennemis. Lui faire confiance ? Non. Je ne fais plus confiance à personne. Et il doit le savoir. S'il me connaît comme je sais qu'il me connaît, il comprendra que je ne souhaite pas donner le moindre signe de vie, que je ne souhaite pas que quiconque sache où je me trouve à l'exception du petit cercle à qui j'ai décidé désormais de faire une confiance aveugle et aléatoire.

– C'est un ami. C'était un ami.

– Que vient-il faire ici ?

– Je n'en sais rien. Est-il venu de son propre chef, est-il en service commandé ? Je suis d'avis de ne rien faire. Et de ne rien savoir.

Le téléphone de Carmen se met à vibrer.

– Si, si, te lo paso.

Mulligan.

– Salut, vieux terroriste, quoi de neuf ?

– Le neuf, c'est ce type qui se prétend ami avec toi et qui pose des questions un peu partout dans Cadaqués. Un certain Bruno.

– C'est véritablement un ami. Ou un ex-ami.

– Oui, Carlos me dit qu'il t'a déjà vu avec lui avant la guerre. Je suis d'avis qu'on le laisse tranquillement rentrer chez lui. Personne ici ne t'a vu depuis des années.

J'opine.

– Nous sommes d'accord. C'est à peine si vous me connaissez.

Mulligan émet un grognement d'assentiment.

– Bon, en tout cas, il est quand même passé hier soir au pub avec un message à te transmettre au cas où, par extraordinaire, je te verrais. Il a tenu à me dire que Mathilde allait bien et ton fils aussi.

Silence.

– Je ne savais pas que tu avais un fils.

Moi non plus, ou plutôt si. Même si ce n'est pas mon fils.

– Il a ajouté qu'ils négociaient une amnistie avec le nouveau pouvoir, mais que ce serait long et difficile. Surtout pour toi. Il a dit que tu étais devenu un symbole. D'autant que tu as tué un des leurs.

Tout le monde sait parfaitement ce qui s'est passé. C'était dans tous les journaux. Cette ordure a voulu se donner une image de chevalier blanc de la révolution nationale en me provoquant en duel. Un combat d'homme à homme avec un poète ! Courageux, non ? Surtout stupide et présomptueux. Pouvait-il savoir que j'étais un expert en armes à feu ? Non. Cela ne collait pas avec sa vision viriliste de la poésie, de ce que j'étais, de ce que je représentais. Devais-je le tuer ? J'avais longtemps hésité. Mais les dés étaient pipés dès le départ. Ils ne m'auraient jamais laissé m'en sortir vivant. Aurais-je dû fuir avant le duel ? Les amis voulaient que j'y aille, c'était un acte fort, une victoire pour notre camp, une catharsis. En tuant ce pilier du nouveau régime, ce ridicule matamore, je devenais un héros, un champion. C'est tout juste si les miens n'avaient pas souhaité que je sois tué. Le symbole aurait encore été plus fort.

Pourquoi faut-il que les révolutions anéantissent les poètes ?

Pourquoi les dictatures doivent-elles impérativement les éliminer ? Sommes-nous leur pire ennemi ? Représentons-nous tout ce qu'elles abhorrent, l'empathie, la beauté, l'amour, le respect de la terre et des autres ? Le verbe juste, précis. La vérité des mots ? Je ne suis certainement pas García Lorca ou Pablo Neruda. Encore moins Lord Byron ou Serge Essénine. Seulement le poète de service. Le seul qu'ils avaient sous la main.

Peut-être aussi que ceux de notre camp ont besoin de boucs émissaires, de martyrs à sacrifier sur l'autel de la justice et de l'humanité, et que les poètes font mieux l'affaire que les soldats qui défendent la cause ou les ouvriers qui reconstruiront la nation. Après la mort du poète, les poèmes restent et le peuple peut les chanter, les déclamer, les hurler. Qu'importe que leur auteur ne soit plus que cendres. Sa parole ne lui appartient plus. Ses mots pas plus. Oui, définitivement, il faut que crèvent les poètes pour que renaisse l'espoir.

Et je n'ai pas envie de crever.

Salut Bruno, nous nous reverrons peut-être un jour.

En enfer, s'il n'est pas ici.

35. La ville sans nom, mai 2028.
Carnet de Bruno.

Étienne m'a demandé si je n'en avais pas marre de tout noter sur un carnet. Je lui ai répondu qu'il serait heureux qu'un jour, quelqu'un puisse raconter notre histoire. Puis il m'a demandé si je savais où était Marceau. Je lui ai répondu que je pensais savoir.

– Peux-tu t'en assurer ?

– Oui.

– Je n'ai pas besoin de savoir où il est. Il faut seulement que tu le retrouves.

– Pourquoi faire ?

– Ça, je te le dirai lorsque tu l'auras retrouvé.

J'ai laissé un message à Abdel sur Telegram. Il m'a répondu que j'avais sans doute raison.

J'avais besoin d'un sauf-conduit pour passer la frontière. Le guignol de la préfecture m'en a procuré un sans faire de difficulté.

J'ai mis le cap sur Cadaqués.

36. Cadaqués, mai 2028.

Je sens que l'inspiration revient. L'envie en tout cas. Je me suis réveillé à l'aube avec un poème en tête. Il était comme pré-écrit, je n'avais plus qu'à le transcrire. Je ne crois pas aux muses qui vous murmurent à l'oreille au creux du petit matin livide. Je crois que la poésie, avec le temps et le travail, met en place un mobilier, des pieds, des tiroirs où les impressions et les sensations viennent se ranger toutes seules. Il suffit après de les ouvrir pour que les strophes s'organisent, s'enfilent comme les perles d'un chapelet.

Je ne sais pas à qui s'adresse ce texte.

À Diane ? Sans doute.

À Mathilde ? Peut-être. Qui d'autre ?

Les rêves glissaient souvent jadis des quasi-inconnus dans ma vie. Au matin, la perception que j'avais d'eux ou d'elles s'était transformée. Leur place dans ma vie aussi. Des femmes que je n'aurais jamais pensé aimer, des hommes que je méprisais jusque-là, soudain devenus proches.

Depuis l'exil, j'avais réussi à cadenasser mes nuits, loin des songes, loin des souvenirs, loin du volcan éteint de ma vie antérieure.

Mais Diane a peut-être réussi son coup. Elle a à nouveau entrouvert mon imaginaire. Poussé la porte. Retrouvé la vieille commode et la clef des tiroirs. Visité en douce ma retraite intérieure comme j'ai fureté dans sa maison. J'espère que c'est une bonne chose. Je n'en suis pas sûr. À quoi bon ruminer un passé révolu, reconstruire une ville rasée, ressusciter une vie morte et enterrée ? Ceux qui ont pris le pouvoir là-bas ont voulu reconstruire l'homme d'antan, l'amant, le conquérant, le mari fidèle, le soldat, le chasseur. Avant de partir, j'en étais le parfait négatif, une proie facile, une fin de règne, une espèce en voie d'extinction.

Ce duel stupide et ma mort programmée avaient bien sûr valeur d'exemple. Ils auraient dû retransmettre notre joute en direct sur la chaîne officielle (il n'y en avait plus d'autre, à ma connaissance). Le combat du siècle entre deux faces d'une même humanité. Qui ne peuvent se détruire sans disparaître l'une et l'autre. Je serais mort après la pub. Mais non, tout avait déraillé. Bruno et Abdel m'attendaient dans la voiture dont le moteur tournait. J'avais changé de véhicule et de chauffeur à deux reprises. Moi seul savais où j'allais.

Bruno n'est pas idiot. Il sait parfaitement que la seule frontière que je pouvais franchir sans encombre, celle dont je connais le moindre recoin, le moindre chemin, celle où j'avais assez d'amis pour m'abriter en cas de besoin, c'était celle-ci.

Est-il temps que je sorte de ma coquille, de mon armure ? Est-ce bien raisonnable ? Mon esprit semble décidé à faire une partie du chemin. Il se rebelle. Il s'ébroue. Il se rappelle à moi. Combien de temps vais-je pouvoir le contenir ?

Les poèmes sont souvent des réponses.

Ton cul

Ton cul est un mignon
De pores et de sillon
Où cogne mon trognon
Où pleure mon oignon.
Ton cul est un bouillon
Où se perdent mes yeux,
Où mon esprit souillon
Brûle de mettre le feu.
Point d'interrogation,
Dont le poing touche au fond
De mes inhibitions
De tes exhibifions.
Ton cul est un cochon
Rose comme un bonbon,
Creusé comme un vallon,
Bombé comme un ballon.

Ton cul est un avion
Qui se donne sans zèle,
Frôle le mur du con
À fond les décibels.
Ton cul est un bastion
Où tonne le canon
Où bute ma passion
Où se brisent mes ailes.
Ton cul a ses raisons,
Ses secrets, ses ténèbres,
Il est ma perdition,
Mon horizon funèbre.

Dois-je me méfier de Diane ? Est-ce que la raison d'être de la Reine des sirènes n'est pas de m'entraîner vers le fond ?

37. Cadaqués, mai 2028.

Alors nous avons fait un deal. Tout nous dire. Pour le meilleur ou pour le pire.

– Déjà, fous-toi à poil ! Il fait 40 degrés à l'ombre, il n'y a personne ici que toi et moi et tu te promènes en jean et en chemise. Allez ! Fais voir ta peau, fais voir tes muscles. Laisse-les respirer. Ils appartiennent à la colline autant qu'à toi. Ils ont besoin de la caresse du vent, de la morsure du soleil. À… POIL !

J'ai obtempéré un sourire honteux aux lèvres. À quoi bon résister ? C'est vrai que ma tenue classique de poète en exil – vieux jean, chemise blanche, espadrilles – fait un peu suranné. C'est un uniforme, un déguisement, qui ne protège que mes impostures.

Nous voilà donc assis sur la terrasse comme Adam et Ève au matin du monde. Et toujours ce silence léger, diffus, retenu, et l'éclat immense et phosphorescent de la mer à nos pieds.

– Diane était ce qu'on appelait à l'époque un garçon manqué. Elle nageait au large, ce que même les hommes n'osaient faire, elle courait dans les collines, escaladait les falaises, gambadait dans les éboulis. Elle bronzait nue sur les plages. Les gens du coin, les « tradi », les bourgeois enrichis en Amérique, les *Americanos*, les grandes familles la détestaient. Mais elle fascinait les autres, tous ces jeunes gens de quinze, vingt, trente ans, qui se pressaient à Cadaqués, invités par Dalí ou tout simplement attirés par la lumière, les couleurs, la douceur de vivre. Elle avait grandi au milieu des oliviers et des figuiers de Barbarie, au cœur des ronces, des geckos, des moustiques, de la caillasse, des restanques, de la chaleur intense, de la clarté crue et aveuglante, dans les trous d'eau gorgés d'oursin, dans les calanques coupées du monde, sur les rochers écorchés vifs, sur les langues de sable parsemées d'algues brunes, sous les pins torves, à l'abri des regards. Elle était l'amie des goélands, des cormorans. Comme eux, elle plongeait dans l'ombre empourprée du cap à la recherche de poissons d'argent, de cuivre et d'or, à l'affût d'autres reflets, d'autres nuances de bleu. C'est tout cela qui l'inspirait. Entre quinze et vingt-cinq ans, elle a peint des dizaines de toiles, toutes du même format, représentant la silhouette sombre d'une jeune femme emportée par des eaux limpides. J'en ai quelques-unes ici, dans la bibliothèque.

– Je crois que j'en ai une aussi dans mon appartement. Elle était là avant que je m'installe.

– Oui, la vieille dame à qui tu as acheté était une amie de ma grand-mère. Elles s'étaient connues à Paris.

Son regard s'égare en direction du cap.

– Et donc Diane était vraiment la petite fée de Cadaqués. Elle fascinait, elle dérangeait, elle intriguait, elle amusait. L'arrière-grand-père de Mulligan, qui en avait la charge et l'élevait ici, à l'ermitage, s'arrachait le peu de cheveux qui lui restaient. Dalí l'adorait et elle descendait souvent le voir à Port Lligat dans la petite maison de pêcheurs qu'il avait retapée et qui n'avait rien à voir avec celle d'aujourd'hui. Ma grand-mère disait toujours que c'était sale, infesté d'insectes et grouillant de vermine, que l'eau donnait la colique et que c'est la raison pour laquelle tout le monde buvait ce rosé lourd d'Emporda, coupé d'eau minérale. Diane était très amie avec Anna Maria, la sœur de Dalí, qui avait trois ans de plus qu'elle, mais qui était beaucoup plus timide et réservée et qu'elle dévergondait un peu. Salvador les prenait toutes les deux comme modèles et elles passaient des après-midis entières à se prélasser sur la petite plage beige tandis qu'il peignait.

J'essaie d'imaginer la simplicité de la vie d'alors. La rusticité des lieux. Je pense à d'autres calanques, celles de mon enfance, si frustres, si arides, si rêches et pourtant si riches. Je revois la roche blanche de ma jeunesse, plus tranchante, moins rousse que celle d'ici. Les oursins plus noirs, plus hérissés.

– Cadaqués est vraiment devenu un pôle d'attraction, un de ces noyaux magnétiques des Années Folles, où les artistes venaient s'agglutiner comme sur du papier tue-mouches. Dalí en était la tête pensante, Lorca le cœur battant, Anna Maria la conscience, Diane le corps. Mais ce n'était qu'une parenthèse enchantée.

Venu d'on ne sait où, un nuage effilé passe en volute et nous salue.

– Tu ne trouveras personne en Espagne, et encore moins ici, pour te parler de la Guerre civile. La honte est ancrée dans les tripes. Honte d'avoir été du mauvais côté, honte d'avoir été du bon, honte d'avoir détesté son voisin, de l'avoir tué parfois, honte d'avoir vu mourir les siens sans rien faire, honte d'être parti, honte d'être resté. La guerre civile est un cancer foudroyant qui n'épargne rien ni personne, qui ne laisse ni perdant, ni vainqueur, que des morts et des ressentiments éternels, ferments de nouvelles guerres. Ne plus y penser, tenter de nier son existence, c'est souvent la seule solution.

Elle lève les yeux dans ma direction.

– C'est ce que tu essaies de faire ? D'oublier ?

Je frissonne. Je passerais bien une chemise de lin alors que la chaleur est étouffante.

– Non, pas d'oublier. D'effacer, purement et simplement. L'oubli est une tentative, l'effacement un résultat. Je ne veux pas enfouir mes souvenirs, ensevelir mon passé, inhumer mes amis et mes amours, je veux seulement qu'ils disparaissent. Je veux qu'ils n'aient jamais existé.

Elle se lève et découpe son corps de sirène contre le jour ébloui.

– Et moi qui te demande de te livrer ! Je pense pourtant que c'est la bonne solution. Pour effacer ta mémoire, tu dois l'expulser, la faire sortir de toi. Je te promets que je vais la ramasser et aller la cacher dans un endroit où tu ne pourras jamais la retrouver. Promis.

Je ne sais pas pourquoi, ma gorge se serre. Je la prendrais bien dans mes bras, mais c'est le genre d'élan vital que j'ai toujours réfréné.

Je ne sais pas aller vers les autres autrement que par les mots.

– J'espère que tu as raison. J'espère que tu dis vrai.

Elle se retourne, sourire aux lèvres.

– Mais oui.

Elle s'agenouille devant moi.

– La Guerre civile a tout détruit, tu vois. Les amours et les amitiés, l'amour de l'art, le goût de la création. Chacun s'est enfermé chez soi en attendant que la mort frappe à la porte. Tu vois les dessins d'Alex, ces gens sans tête dans les paysages de Cadaqués. Eh bien, c'était ça, la Guerre civile. Tout le monde a perdu la tête, au propre comme au figuré. Bien sûr, les amis de Franco avaient le sang de la trahison sur les mains. Mais les Républicains, aveuglés par une haine aussi légitime que violente, ont été tout aussi impitoyables. Il le fallait, sans doute, je n'en sais rien… Ils ont détruit le retable de l'église. Ils sont allés dans les maisons chercher les traitres pour les emmener dans les collines, dans les criques, les abattre et jeter leur corps à la mer.

J'opine.

– C'est ce qui est arrivé à Malcolm, le frère de Diane ?

Elle inspire l'air chargé d'effluves d'origan. Une légère bise s'est levée et chatouille nos mollets.

– On ne sait pas ce qui lui est arrivé. Ce n'était certainement pas quelqu'un de très sympathique. Un héritier richissime, un banquier sans scrupules, dur en affaires, un catholique fervent, qui avait donné une fortune aux curés d'ici pour l'église. Il hébergeait ici, à l'ermitage, des militants carlistes en fuite. On n'en parle jamais, mais ils sont nombreux aussi, les futurs vainqueurs, à avoir passé la frontière à partir de 1936. En 1938, alors que la menace franquiste se faisait plus forte, tous ceux qui étaient soupçonnés de collaboration avec l'ennemi ont été arrêtés. Ce fut le cas d'Anna Maria Dalí, qui fut jetée en prison et y sombra dans la dépression avant d'être libérée quelques semaines plus tard. Beaucoup furent exécutés. Certains le méritaient probablement. D'autres… La guerre ne fait pas de détail.

– Et Diane ?

Elle lève les bras.

– J'aimerais bien le savoir. En tant que sœur de Malcolm et amie d'Anna Maria, elle aurait dû être interpellée, emprisonnée. Mais ce n'a pas été le cas. Parce qu'elle venait de donner le jour à ma grand-mère ? Parce qu'elle s'était rangée du côté républicain ? Je n'en sais rien. Ce que je sais, c'est que l'arrière-grand-père de Mulligan, bien que catholique, était un fervent partisan des Républicains. Il était comme un père pour Diane. A-t-il pris ses dispositions pour qu'elle puisse partir ? En tout cas, fin 1938, elle était à Londres et devenait l'héritière de toute la fortune familiale.

– Et sait-on qui était le père de sa fille, de Daphné ?

– Non. Ma grand-mère a cherché toute sa vie à le savoir. Diane lui répétait sans cesse que ça n'avait pas d'importance. Que c'était bien suffisant d'avoir une mère. Que les hommes n'avaient rien à voir dans les filiations. C'est vrai que, dans notre famille, les mâles ont disparu avec Malcolm. Nous sommes une dynastie matriarcale.

Elle se redresse, dit que nous devrions aller nous baigner, mais pas avant que je lui raconte tout, à mon tour.

Elle en sait autant que moi, je pense. La presse internationale a longuement parlé de mon histoire, du duel, de la mort du leader nationaliste de ma ville, dont j'avais dressé dans le journal un portrait cinglant et qui avait estimé son honneur bafoué. Ma fuite, ma disparition.

– Personne n'a raconté en détail les circonstances du duel…

Les images sont encore fraîches, à fleur de peau, comme si je venais d'abattre les trois hommes. Nous avions misé sur l'effet de surprise, convaincus que mon adversaire, ancien militaire, était certain de m'abattre du premier coup. Chacune de nos armes avait trois balles, au cas où la première n'aurait pas touché sa cible. C'est précisément ce qu'il me fallait pour abattre cette vermine et ses deux témoins. Pas un instant ils n'avaient pensé que je savais tirer, pas une seconde ils ne s'étaient sentis en danger, menacés. Leur suffisance avait été leur perte. Ils n'avaient pris aucune précaution. Ils se réjouissaient déjà des gros titres dans leurs médias : *Le poète de la rébellion tué en duel.* Ils voulaient faire un exemple, frapper les esprits.

C'était réussi.

Nous avions pris la fuite sans être pourchassés. Il était trop tard quand leur police s'était lancée à nos trousses. Les frontières avaient été fermées un an plus tôt, pour éviter l'exode massif des ennemis de l'intérieur. On avait chassé les étrangers, mais il fallait nous enfermer dans la prison de notre ancienne nation bafouée, souillée, dénaturée. J'étais passé en Catalogne sans effort par un chemin de montagne que je connaissais bien. Pas un douanier en vue. J'étais redescendu sur Figueras à pied, un simple sac à dos à l'épaule. J'avais tout ce qu'il fallait à la maison.

Depuis, plus rien. J'avais fait le vide. Par des amis sûrs à Barcelone, j'avais obtenu des autorités catalanes l'assurance que je ne serais pas extradé. Jamais. Mais avant toute chose, il fallait éviter que l'on sache où me trouver. J'avais pensé à poursuivre ma route, à traverser les mers. Mais je n'étais pas sûr d'y recevoir la protection des gouvernants. La protection de la terre. La peste noire gagnait toute la planète.

– Tu as laissé une femme, là-bas ?

– Non. C'est elle qui m'a laissé. Dès le début des affrontements, dès les premières barricades, elle m'a dit qu'elle n'acceptait pas les risques que je prenais, que je les faisais courir à son fils. Je l'avais élevé, les trois dernières années, comme si c'était le mien. Nous nous sommes quittés les larmes aux yeux. Mais elle est partie quand même. On m'a dit quelques semaines après qu'elle s'était installée avec un dignitaire du nouveau régime. C'était vrai. C'est l'homme que j'ai tué.

Oui, Diane a raison. Peut-être fallait-il que je vide mon sac…

– Je m'en moque, en vérité. Comme je te l'ai dit, rien de tout cela n'a jamais existé.

Elle s'approche à nouveau de moi et dépose un baiser sur mon front comme elle l'a fait l'une des premières fois où nous nous sommes croisés.

– Va chercher tes baskets. On va courir. La sueur emportera tes tourments passés.

Je la suis comme un chien fou, haletant, en nage. Nous fonçons dans les descentes, je marche dans les montées. Allez, plus vite ! J'ai envie de rire et de pleurer. Nous sommes des enfants.

38. Cadaqués, mai 2028.
Carnet de Bruno.

À Cadaqués, on n'a rien voulu me dire. Mais personne n'a paru surpris de mes questions. Tout le monde m'a paru méfiant. J'ai senti sa présence dans leurs silences. Il est là, c'est certain. Et il se cache, parce qu'il n'est pas chez lui et que son voisin prétend ne pas l'avoir vu depuis longtemps. Où peut-il être ? Cadaqués n'est pas si grand. Et je sais son goût pour les balades et les baignades en mer. Je le retrouverai s'il le faut. Et si Étienne m'explique en quoi il a besoin de lui.

Le nouveau pouvoir veut-il l'abattre ? L'enlever ? Que dois-je dire ? Que dois-je révéler ?

Je rentre ce soir, après un bon plat de tellines.

39. Cadaqués, mai 2028.

Je n'avais encore jamais osé pénétrer dans la chapelle. J'ai poussé la gâchette rouillée de la porte en bois et me suis retrouvé au beau milieu de la nef. C'est une église de poupée, un parallélépipède coiffé d'une voute en briques, badigeonné de peinture bleuâtre. L'autel est une simple table de pierre rugueuse, posée au cœur d'une niche ornée d'une peinture naïve du Christ, bordée de dorures baroques. À la droite de l'autel, un Sant Jordi en bois clair, monté sur un cheval cabré, combat vaillamment un dragon pas plus grand qu'une couleuvre. Les murs sont couverts de petits ex-voto bleus et mauves. Les tableaux de Diane Radford, première du nom. Ma Diane est agenouillée sur les marches qui montent à l'autel, les mains serrées contre son sein. Elle est la réplique parfaite de la statue de Soledad Sirenyona au cimetière. Je me fais discret et glisse vers l'un des deux bancs en bois qui font face au retable.

Je ne sais trop à qui la Reine des sirènes adresse ses prières. À Dieu, à Neptune, au Christ ? La mer est un grand baptistère. La colline un dôme. Et je comprends que mon hôtesse est un être mystique, une déesse, une sainte. Je l'entends marmonner des mots sans suite dans une langue qui n'est pas de ce monde. Elle appartient tout entière à ce lieu secret, irréel, qui ouvre sans doute sur une autre dimension qui m'échappe.

Je ne suis pas croyant. J'ai toujours rejeté ce Dieu personnifié, codifié, ce père Noël amélioré au nom duquel tant d'horreurs ont été, sont et seront commises. Cette force de vie que la folie des hommes transforme en arme mortelle.

Mais je crois au ciel, aux nuages, au vent, à la terre qui me porte et qui m'emportera, à la mer qui m'appelle et qui m'engloutira. Je crois en Diane et je croirai en moi le temps qu'il faudra. Je sais que la Reine des sirènes est la messagère de ce Dieu qui n'a pas de nom, pas de forme, ni présence, ni absence, de cette force qui nous traverse et nous inspire, de cette histoire que nous construisons sans le vouloir et qui nous entraîne vers l'infini.

Je baisse la tête et je prie ce dieu-là.

40. Cadaqués, mai 2028.

Ce soir, pour la première fois, j'entends des grillons. Diane a-t-elle libéré le silence ? Elle est assise sur la tuile et me dit qu'elle a effectué des recherches, elle aussi, qu'elle m'a *googlisé* et que cela lui a fait peur.

– Dans tous les sites de ton pays, sur la page Wikipédia dans ta langue, tu as disparu.

Je sens un sourire se dessiner sur mes lèvres, aussi fin qu'une moustache.

– Tant mieux.

Elle proteste.

– Mais tes poèmes disparaissent avec toi ! Il ne reste rien de ta parole, rien de ton âme. Rien de ton influence, rien de rien !

Est-ce si grave, si important ?

– Et ce duel stupide n'a servi à rien. Tu as tué trois hommes, mais tu t'es tué par la même occasion.

– Non. J'ai survécu au contraire. Et j'écrirai encore. Et ma poésie n'est pas morte. Je te la lirai. Tu la traduiras en anglais ou en catalan. Les poèmes sont comme le vent. Ils s'en vont, mais ils reviennent toujours. Et les accalmies annoncent les tempêtes.

Elle fait la moue, dubitative.

– J'ai entendu des grillons.

Elle rigole.

– Un grillon !

– C'est presque de la surpopulation, ici !

– Tu as raison. Tais-toi, grillon !

Et il se tait.

Je suis pompette des deux bouteilles de rosé de Carmen que nous nous sommes sifflées… Diane aussi, je présume.

– Ta fiche Wikipédia existe toujours en anglais, en catalan, même en russe, mais elle est très courte. Ta mère était institutrice ?

Maman, pauvre maman. Oui, bien sûr, partie depuis si longtemps. C'était donc elle, le grillon ? Le jour de sa mort, j'ai trouvé un cafard mort au pied de mon lit. Depuis, elle me rend toujours visite sous la forme d'un insecte, pour me prévenir d'un danger. Quand j'ai acheté l'appartement ici, je me suis posé à la table du salon pour écrire et j'ai ressenti des démangeaisons dans le mollet. Ma main a trouvé un petit scarabée noir. Ma mère, venue me souhaiter la bienvenue. Elle est donc passée ce soir. Me prévenir de quoi ?

– Mon père était flic et militant syndical. C'était un bon policier, un taiseux qui pensait combattre le mal et faire triompher le bien. Un genre de cowboy, si tu veux. Il est mort en intervention. La police tue, mais elle est souvent tuée. Il a eu droit à une jolie médaille et Maman à une petite rente qui a payé mes études.

C'est mon père qui m'a initié au tir. Bien sûr. Il disait que les armes ne représentaient aucun danger. Que le danger venait de ceux qui les tenaient.

Sur Diane, sur ma Diane, je n'ai pas trouvé grand-chose sur Internet. Pas de fiche biographique en tout cas. Quelques photos de mannequin, maillot de bain sur des plages de sable gris, robe légère et maquillage outré. Beauté défigurée. Elle s'est aussi lancée dans la photo, a exposé à Londres et à New York. Son travail est intéressant, plus que ça même. Des photos de sirènes. Elle a exposé à Cadaqués, dans le petit musée du village, où ses clichés avaient été placés en tandem avec ceux de Dalí. À la fin des années 50, le maître a convoqué un mannequin à Port Lligat, l'a emmaillotée dans du film plastique pour entraver ses mouvements avant de l'emmener sur la barque de son ami Arturo et de la jeter à la mer, à charge pour elle de tenter de rentrer à la nage en agitant ses jambes immobilisées. La pauvre a failli se noyer, Dalí s'est bien amusé et a pris quelques photos pour immortaliser cette boutade. Vingt ans plus tard, Amanda Lear est à son tour venue poser en sirène sur les rochers de Port Lligat, toujours sous le regard attentif du propriétaire des lieux.

Vulgaires copies.

L'original est là, devant moi. Et je me rends compte que je n'ai pas sorti une fois mon appareil depuis mon installation à l'ermitage. Comme si cela aussi, elle l'avait déconnecté, éteint. Mon envie de la saisir. De la retenir. De la figer en deux dimensions. Je me lève et monte à la chambre. Le boîtier est dans un petit sac sous le lit. Je prends un objectif 45-200, celui que j'utilise toujours pour les portraits.

Elle se lève et viens vers moi.

– Non.

– Pourquoi ?

– Tu sais bien que je n'impressionne pas la pellicule. Sauf pour de l'argent. Et je ne veux pas que ton regard sur moi soit détourné par l'optique, par la mécanique. Regarde-moi avec les yeux. Profites-en. Toi, tu as le droit.

Elle me prend l'appareil des mains et se met à me mitrailler.

Regarde-moi ! Souris ! De profil ! Bouge ! Prends l'air méchant ! Déshabille-toi ! Juste l'épaule ! Glamour ! Allonge-toi ! Oui, là, sur le sol ! Regarde-moi ! Regarde-moi ! Pas l'appareil !!! Moi !!! Moi !!!

41. La ville sans nom, mai 2028.
Carnet de Bruno.

Alors c'est ça. C'est ça le deal qu'Étienne a passé avec eux. Ou plutôt l'accord qu'il lui ont imposé. C'est dégueulasse, mais c'est la guerre. Quand il m'a tout expliqué, j'ai balancé un poing rageur contre le mur. Mais je n'ai pas plus le choix que ne l'avait Marceau. La tenaille du chantage s'est refermée sur nous.

C'est lui. Ou nous tous. Ou nos derniers espoirs.

Le pouvoir a besoin d'un exemple, d'un geste fort de sa puissance.

Et nous ?

Étienne a soupiré.

– Nous avons déjà eu notre héros. À présent, il nous faut un martyr.

42. Cadaqués, mai 2028.

Au moment de me coucher, j'ai retrouvé dans un livre de poèmes d'Aragon que je garde toujours avec moi le texte manuscrit de mon premier poème interdit pas le régime. Je l'avais écrit pour Amédéo, un rappeur de mon quartier, un gamin qui faisait des millions de clics avant… Avant.

Violence

Sur les murs de ma cité,
J'écris ton nom : violence.
Je l'écris avec l'insolence,
D'un soir d'été.
Je le crie aux cons de ta race,
Et je le dégueule à leurs faces
Violacées.
Je le tape avec les consonnes
De mon clavier, VLNC
Et je tronçonne
Vos illusions de liberté.
La violence n'est qu'une enfance
Sans puberté,
Une insouciance sans patience,
Hébétée.
La violence est la seule audace
Consentie,
À grands coups de pied, de godasses,
De képis.
Elle est mon permis de séjour,
Mon passeport,

Mon seul titre de transport,
Nuit et jour.
Je la crierai à vos buildings
A vos QG
James Dean ou bien moudjahidine
Enragé.
Un Dieu voudra bien me bénir
Me pardonner,
Quand l'homme, lui, ne sait que punir,
Condamner.
Je tue pour briser le silence,
Le mépris.
Je me moque de vos potences
De vos mises à prix.
Je suis une part de vous-même
Une tumeur
Qui vous déteste, qui vous aime,
Une fleur.
Éblouissante, incandescente,
Je suis la vie,
Je suis la montée, la descente,
Le tournis.
Je suis une bande, je suis un gang,
Une seconde,
Je suis un éclat, un big bang,
Le début et la fin du monde.

Demain matin, nous allons nous baigner. J'ai trop besoin de me laver le cerveau.

Le soir, en m'égarant une fois de plus sur Internet, j'ai compris mon erreur. Pourquoi je ne trouvais rien sur la mère de Diane. De toute la dynastie des Reines des sirènes, elle était la seule à avoir pris le nom de son mari. Un site de généalogie me l'a confirmé. Debora Simmons, née Radford. Photographe. Devinez ce qu'elle photographiait. Sur l'une des photos qui revient le plus dans Google Images, elle tient une arme de poing et met en joue le spectateur. Son regard est pur, dur. Égérie des luttes animalistes, lesbienne, comète de la nébuleuse du Studio 54 de Warhol. Son mari, Jim Simmons, était le bassiste d'un groupe proto-punk. Gay. Était-il le père de Diane ? Sans doute pas, sinon elle aurait pris son nom. Allez savoir… Debora était morte au début des années 2000, d'une overdose.

43. Cadaqués, mai 2028.

Nous descendons vers la mer par un chemin assez raide, qui plonge à travers les broussailles et rejoint la route de pompiers en direction de la calanque où se trouvait jadis le meilleur restaurant du monde, El Bulli. Mais nous obliquons beaucoup plus tôt pour rejoindre une petite crique coincée entre les rochers et déserte en cette saison. La plage de Sa Figuera se mérite, et on y vient le plus souvent en bateau, mais nous sommes à peu près sûrs, en nous y rendant, de ne pas être inquiétés.

Nous partons à huit heures et demie pour être en bas vers neuf heures et profiter des premiers coups de langue du soleil sur la mer capuccino. Les teintes sont uniques, la caillasse grise comme du charbon, noircie par les embruns, la plage rosie par des algues sèches, le bleu en dégradé de plus en plus profond au fur et à mesure qu'on gagne le large. La pointe de Sa Figuera est comme un gros mérou à moitié immergé. Son nez écaillé nous protège à la vue et ferme la crique en un cercle presque parfait. Une demi-douzaine de rochers plats forment des dalles sur lesquelles Diane sautille comme un cabri. Elle s'étale dans un grand plouf et je m'apprête à la rejoindre lorsque je remarque le bonnet rouge et les bras noirs d'un nageur qui passe au large comme un petit moulin par temps calme. C'est l'heure des nageurs côtiers, qui se préparent au Marnaton de septembre.

Je me glisse dans l'eau et j'ai l'impression que la silhouette se rapproche. Va-t-elle faire une pause ? A-t-elle des crampes ? Logiquement, le nageur devrait mettre le cap sur la calanque de Joncols, beaucoup plus vaste, où il pourra se poser et reprendre son souffle à la petite buvette alanguie sur le sable. Mais c'est à environ huit cents mètres, et s'il a des problèmes, il a peut-être besoin de regagner la terre ferme immédiatement.

Diane avance dans sa direction d'un crawl impeccable. Le déroulé de ses bras, ses épaules dorées qui sortent à peine de l'eau, ses battement discrets, réguliers comme une pompe, sont d'une efficacité étonnante. C'est un poisson et elle va beaucoup plus vite que lui.

J'avance dans sa direction à petites brasses, un peu méfiant. Si le nageur a besoin d'aide, il vaut peut-être mieux que je reste ici, entre deux eaux.

Diane se hisse brusquement hors de l'eau, son dos aussi lisse et courbe que celui d'un marsouin. Elle plonge et disparaît sous l'eau. Je devine une traînée sombre qui se dirige vers moi, droit comme une torpille. Le nageur aussi s'est redressé. Son torse affleure à la surface et il regarde dans ma direction. Il tient à la main un objet que le soleil désigne d'un rayon.

Une détonation. Le nageur disparaît à son tour sous la surface des flots. Il reparaît une dizaine de mètres plus loin, vers le large. Une nouvelle détonation. La balle fuse sur une vaguelette cuivrée comme un galet à ricochets. Le bonnet rouge s'efface encore.

Diane est déjà là, sur moi, elle sort de l'eau penchée en avant, et me hurle :

– Cours, cours vers la plage ! Il est armé !

Je rejoins le rivage en quelques brasses, me sentant moins exposé dans ces quelques centimètres d'eau. Le nageur a répliqué et une balle vole entre Diane et moi. Elle se jette sur son sac à dos, glisse son bras dans la poche avant et en sort son vieux Beretta. Elle se retourne, s'agenouille et tente d'ajuster le bonnet rouge. Pan !

– Je crois que je l'ai eu !

L'eau semble en effet se teinter d'un rouge cramoisi autour de l'ombre du tireur. Le bonnet s'éloigne et met le cap vers la cala Joncols. Un bruit de moteur… Un dinghy fonce dans sa direction. Diane tire encore. L'homme à bord du canot titube et s'effondre. L'embarcation cesse sa course et se met à se balloter sur place. Le bonnet rouge s'éloigne le long de la côte.

Je reprends mon souffle et discerne sur le petit sentier caillouteux la masse sombre d'un homme, une arme à la main. Il ahane et suffoque.

– *Motherfucker !* Je l'ai raté…

Diane me pose la main sur l'épaule et se tourne vers Mulligan.
– Heureusement que j'étais là…
– Bravo, Diane, maintenant, il faut l'achever.
À mon air ébahi, le gros Irlandais croit bon de s'expliquer.
– Alex et Carlos l'attendent sur la plage de Joncols. Tu viens ? J'ai mon quad, on va les rejoindre ?
Je suis stupide, mais je ne peux m'empêcher de penser que tout cela ressemble au parfait guet-apens et que les choses se seraient beaucoup mieux déroulées si j'avais été au courant. Moi, je ne l'aurais pas raté.
Le quad est garé de guingois à l'entrée de la crique. Je m'étonne de ne pas l'avoir entendu venir.
– Diane, si tu veux bien mettre une culotte avant de monter !
Mulligan enfourche sa monture, elle enjambe la selle, se cale dans son dos et je me colle derrière. Nous voilà partis. Diane se retourne vers moi :
– Dans la poche du sac, il y a ton Glock. Tu vas en avoir besoin.
La poussière et les graviers se jettent sur mes mollets, Mulligan saute de bosse en nid de poule sans égard pour mon arrière-train. Nous retrouvons la voie plus ou moins carrossée un kilomètre plus loin. Puis la plage de terre grise, saupoudrée de mauvaises herbes, apparaît en contrebas. Je ne vois ni Alex, ni Carlos, sans doute à l'affût derrière l'un des deux bâtiments de la baie.
Mulligan se gare derrière l'hôtel assoupi.
– Il n'a pas le choix. S'il ne vient pas jusqu'ici, il va se noyer.
Je lui fais remarquer qu'il va falloir être discrets. L'hôtel a quand même du personnel à cette période de l'année.
Nous retrouvons Alex et Carlos, en planque derrière la buvette de la plage, fermée en cette saison. D'un signe de tête, le premier m'indique la petite boule rouge qui dérive au large. Le nageur semble vouloir tenter de filer jusqu'à Roses. Mais il se ravise et prend la direction du bout de la plage, d'où part une section du GR 92 qui lui permettrait de regagner la route en terre battue.
– Carlos, suggère Mulligan, il a peut-être un véhicule qui l'attend derrière l'hôtel ?

– Je ne pense pas, réplique Diane. C'est le dinghy qui devait le récupérer.

– Va quand même vérifier…

Carlos prend un air indigné.

– C'est déjà fait. Il n'y a que notre voiture et une camionnette de l'hôtel.

– OK, allons le cueillir alors.

Mulligan se retourne vers moi.

– On ne t'a pas prévenu, mais notre décision est prise depuis un moment. On va l'abattre. Je t'expliquerai après…

L'abattre ? Oui, cela me paraît à tout le moins de la légitime défense. Et je comprends bien que la police catalane serait plus embarrassée qu'autre chose de devoir gérer l'arrestation d'un tueur à la solde d'un gouvernement étranger.

– Je vais le faire.

Diane mène la marche, Mulligan la ferme. Le bonnet rouge se rapproche de la pointe. Blessé, fatigué, il a compris qu'il n'a aucune chance de s'en tirer s'il veut jouer au plus malin. Il sort de l'eau, les bras levés, et laisse tomber son arme au milieu des algues grises.

Mulligan se tourne vers moi. À toi de jouer. Diane voit aussitôt que j'hésite, parce que je suis un poète, pas un tueur, mais surtout parce que j'ai reconnu le visage de celui qui s'avance vers nous.

Elle brandit son arme.

Je vois ces traits que je connais bien se décomposer. J'aurais dû comprendre que c'était lui. Il crie mon nom, dit qu'il va m'expliquer.

Elle tire.

Pan, dans le mille.

En plein dans son visage, pulvérisé, soudain changé en toile de Bacon.

Un homme sort sur la terrasse de l'hôtel. Carlos court dans sa direction. Il lui crie de ne pas s'inquiéter.

Que tout va bien.

Tout va bien.

Les genoux d'Abdel se dérobent et il s'affaisse sur lui-même, glisse sur le sable comme un paréo autour du corps d'une naïade. La dernière fois que je l'ai vu, c'était au volant de la voiture qui m'éloignait de la scène du duel. Abdel, mon ami, mon frère. Qui voulait m'apprendre le crawl pour que nous participions lui et moi à cette célèbre course au large qui faisait la fierté de notre ville.

Pourquoi, Abdel ? Pourquoi ?

44. Cadaqués, mai 2028. Carnet de Bruno.

Alors nous voilà. On dit qu'il faut un jour tuer son innocence, assassiner ses rêves. Violenter ses croyances pour les préserver. Je me demande ce que ferait une mère à qui on demanderait de choisir entre ses enfants. C'est inhumain, impossible. Et pourtant. Je n'ai pas vraiment hésité. Mon combat est ma vie. Il est même plus que ma vie.

Comme me l'a dit Étienne, si je suis prêt à donner ma vie à la cause, alors pourquoi ne suis-je pas prêt à donner celle de mon meilleur ami ? S'il doit mourir, qui d'autre que moi, qui d'autre qu'Abdel peut s'en charger ? Nous ne pouvons pas nous défiler. Nous ne pouvons pas trahir maintenant. La cause est plus forte que tout.

Marceau va mourir pour l'espoir d'un renouveau. Pour incarner des jours meilleurs. Mourir pour que notre rêve vive. Mourir pour nous sauver. Un geste messianique. Les poètes sont des prophètes de bonheur. Ils doivent mourir pour que leurs poèmes prennent vie.

Je pleurerai bien sûr en te tuant.

Mais je le ferai.

Pour toi.

Pour nous.

Pour Étienne.

Pour la cause.

Si tu ne meurs pas, nous serons tous exécutés. Tous. Nos militants, nos militantes, nos combattants.

C'est le deal. Nous sommes tous coupables de haute trahison. Si nous mourrons, que restera-t-il ? En vie, nous penserons à toi, à ton sacrifice. Nous vénèrerons ta mémoire. Nous ferons de toi le nom de notre lutte. Et personne ne saura qui t'a tué, de toute façon.

Hier, nous avons enfin obtenu l'information que nous attendions. Personne ne connait Abdel au village. Il est plus que crédible en champion de nage au large qui s'entraîne à Cadaqués. Il a réussi à charmer la vendeuse de sushis du village. Il lui a parlé de Marceau, de l'admiration qu'il a pour lui, et elle l'a trahi sans le savoir.

– Marceau, mais je le connais bien ! Il se baigne tous les jeudis matin dans la crique de Sa Figuera.

Nous avons trois jours pour nous préparer.

45. Cadaqués, mai 2028.

Mulligan a pris les choses en main. Carlos et Alex sont partis avec le quad récupérer le rafiot d'Alex pour aller chercher le dinghy et l'homme qui se trouvait à bord. Sans doute Bruno. Qui d'autre ? Nous nous sommes donnés rendez-vous ce soir sur la plage de Port Lligat pour disposer du corps. Le jeter à la mer serait trop risqué, il risquerait d'être rejeté sur une plage ou accroché par un filet de pêche.

Nous avons transporté la dépouille d'Abdel jusque dans le coffre de la voiture de Carlos. Mulligan a empoigné le cadavre par les épaules, moi par les pieds.

Des gens de l'hôtel se sont massés sur la véranda. Nous leur avons dit qu'il y avait eu un accident. Lorsque Diane parle, personne ne remet en cause ce qu'elle affirme.

Depuis le coup de feu, je suis comme tétanisé. J'avance dans un monde surexposé, ébloui par la lumière crue du jour, comme éclairé au néon par l'adrénaline qui m'ankylose, me terrifie. Mes gestes sont mécaniques, presque inconscients.

Je pense à la *Romance somnanbule* de García Lorca.

L'ami, je voudrais mourir dans
mon lit, comme tout le monde.
Un lit d'acier, si possible,
avec des draps de hollande.
Vois-tu cette plaie qui va
de ma poitrine à ma gorge ?
Il y a trois cents roses brunes
sur le blanc de ta chemise.
Ton sang fume goutte à goutte
aux flanelles de ta ceinture.

Mais moi je ne suis plus moi et
ma maison n'est plus la mienne.
Laissez-moi monter au moins
jusqu'aux balustrades hautes.
De grâce, laissez-moi monter
jusqu'aux vertes balustrades.
Jusqu'aux balcons de la lune
là-bas où résonne l'eau.

Ils montent déjà, tous les deux,
vers les balustrades hautes.
Laissant un sentier de sang.
Laissant un sentier de larmes.

Nous roulons sans dire un mot sur les cahots du chemin. Nous passons par Roses, c'est plus simple, plus carrossable. Direction le pub de Mulligan. Nous rejoignons la route de Figueras, glissons le long des ateliers de marine, des magasins de céramique, des immenses dépôts où s'alignent des milliers de pots en terre cuite, de statues de pacotille, de bouddhas impassibles ; au détour des allées bétonnées, de vieilles prostituées attendent la nuit plutôt que le client. Une boîte échangiste délabrée n'a pas ouvert depuis des lustres. Un mini-golf rouille dans un champ. Le petit col vipérin taillé à flanc de colline me donne le mal de mer. J'en connais chaque virage et je n'en reconnais aucun. La mort transforme tout. Et ce goût métallique ne quitte plus ma gorge, comme si je suçais la lame d'un couteau.

Quand nous aurons déposé le corps dans l'arrière-boutique du pub, Diane montera chercher des affaires à moi à l'ermitage et nous grimerons Abdel en poète maudit.

Sur le plan de travail que Mulligan a débarrassé d'un geste ample des ustensiles qui s'y trouvaient, nous tentons d'extraire le corps de sa gangue de néoprène. Je tire, Mulligan pousse et Abdel ne nous aide pas beaucoup. Finalement, passées les épaules, la combi de nageur s'épluche aussi facilement qu'une peau de banane et mon vieil ami git devant nous dans le plus simple appareil.

Aussi nu qu'à sa naissance.

Pourquoi ?

– Si tu veux mon avis, susurre Mulligan, tes amis ont plus besoin d'un martyr que tes ennemis. Eh bien on va leur en donner un !

Il compose un numéro sur son Iphone et, même si je ne parle pas le catalan, j'en distingue suffisamment pour comprendre qu'il parle à un policier de ses amis. Et j'entrevois le plan lugubrement efficace qu'il a mis au point avec Alex et Carlos.

Bruno et Abdel étaient venus pour me tuer ? Ils les sont attirés sur la plage, histoire de les y surprendre et de les éliminer. Et puisqu'il faut un corps à déposer dans le cercueil du poète rebelle assassiné ce jour par le gouvernement fasciste d'un pays voisin, un corps il y aura.

Ma disparition arrange tout le monde. Mes amis. Mes ennemis. Cadaqués. Les autorités catalanes.

Et moi, surtout moi.

Je voulais retourner au néant, m'effacer.

C'est fait.

Mulligan raccroche.

– Tu as encore des papiers ou tu as tout jeté ?

– J'ai un passeport, que j'ai gardé au cas où j'aurais eu besoin de partir plus loin.

Je le lui tends. On le glissera dans la poche du mort.

Diane revient, avec un jean, une chemise blanche, une veste de lin, une paire de chaussettes et deux vieilles Doc Martens que je ne porte plus. À trois, nous avons vite fait de rhabiller le défunt. Il fait un moi acceptable.

Mulligan et son ami policier sont convenus que le corps soit déposé dans le grand terrain vague en face du cimetière, qui sert de parking en saison. À cette période de l'année, c'est le terrain de jeu d'une famille de sangliers quasi apprivoisés qui rôdent autour des poubelles. Le mort sera vite découvert, l'enquête rapidement menée.

Je ne peux m'empêcher de me demander ce que seront les titres des journaux ; ce que penseront ceux qui, s'il en existe, m'estiment ou m'aiment encore ; si la presse de mon pays parlera ou pas de mon décès. Sans doute, oui. Pour dire que j'ai mérité mon triste sort. Celui que réserve la nouvelle nation aux traîtres à la patrie. Je me demande si un mort peut écrire, et si mes poèmes ne seront plus désormais destinés qu'à moi seul. Je me demande si je vais aimer la mort. Aimer la vie.

Je me demande où va me conduire désormais le chemin.

Le petit chemin

C'est un petit chemin,
Sans fleurs et sans réponses,
Une voie sans lendemain,
Qui court entre les ronces,
C'est un sentier rugueux,
De terre et de caillasse
Noué comme nous deux
Dur comme une paillasse.
Les animaux l'évitent,
Les hommes le méprisent,
Les insectes y lévitent,
Les herbes folles y frisent.
Et c'est par ce repli
Qu'un jour je partirai,
Ma mission accomplie,
Mes espoirs enterrés.
J'irai y trépasser,
Y tomber, y crever,
Mourir sur ce tracé
Imaginaire, rêvé.
Il n'y aura pas d'enquête,
De fouilles ou de battue,
Il n'y aura pas de fête,
Les voix se seront tues.
On entendra voler
Les mouches bien repues

De ma vie envolée,
De mon nom disparu.
Et le petit chemin,
Arrivé à son terme,
Disparaîtra soudain
Comme un livre se ferme.
Ma vie n'aura été,
Qu'un printemps, qu'un été,
Un rire, une foutaise,
Une parenthèse.

46. Cadaqués, mai 2028.

La nuit tombe lorsque nous garons la voiture aussi près que possible de la plage de sable de Port Lligat. Je me suis souvent demandé pourquoi Dalí avait choisi cet endroit pour y bâtir sa maison. Pour son isolement ? Ce n'est certainement pas la plus belle crique du secteur, son accès par la route est abrupt et l'eau y a la couleur de la vase. Ce que Diane m'a raconté de son aïeule confirme que la vie au début du XXe siècle devait y être des plus frustres et le confort rudimentaire. Aujourd'hui, c'est un village de pêcheurs de contrefaçon, encombré de maisons de poupée transformées en buvette, en hôtel, en boutiques de souvenir. Les galets de l'allée qui plonge vers le port sont patinés par les milliers de semelles de tongs qui les ont foulés. Des troncs d'oliviers torturés s'y enfoncent et forment de chaque côté du sentier une haie de cariatides. Une grappe de petits chalutiers y opère encore, mais ils sont rentrés à cette heure-là et les filets sèchent sur des supports rouillés au bout du minuscule quai râpé par les embruns.

Alex et Carlos sont à bord du dinghy, à une vingtaine de mètres du bord, et ils enclenchent le moteur à l'appel de phares de Mulligan. Les boudins gris de l'embarcation viennent se planter dans la boue et une vaguelette la pousse de quelques mètres sur la grève. Alex saute sur le sable et tire le bateau, Carlos reste à bord et commence à soulever le corps sans vie qui s'y trouve. C'est bien Bruno, son visage livide, ses yeux fixes et rouges éclairés par la lumière bleue d'un portable. Mulligan s'approche et aide Carlos à tirer le cadavre sur la plage, Alex s'empare des pieds. Bruno n'est pas lourd, mais la rigidité cadavérique rend le transport complexe, comme s'il résistait encore. Il faut pousser, plier les jambes pour qu'il rentre dans le coffre. Carlos et Alex remontent dans le dinghy. Ils vont le laisser ancré dans la baie, au milieu des autres bateaux, là où il passera le plus inaperçu. Son propriétaire le réclamera à la police et l'affaire en restera là.

Nous remontons la petite route escarpée qui rejoint la chapelle Sant Baldiri et le cimetière attenant. Le terrain vague est désert, le corps d'Abdel a déjà été retrouvé, à l'autre extrémité du parking, près des bosquets, là où un cordon de raphia jaune et noir encercle la « scène de crime ».

Diane saute de la voiture et va pousser le portail de fer forgé du cimetière. Drôle d'endroit pour une sépulture… l'humour irlandais, je suppose. Mulligan descend à son tour et je le suis. La crainte d'être surpris nous fait agir vite et bien. En un rien de temps, nous avons transporté la dépouille jusque dans le petit mausolée à gauche de l'entrée, dans cette pièce damée de marbre noir et blanc où j'ai souvent rêvé de passer mes derniers instants. Nous posons le corps sur les carreaux. La silhouette de Diane se découpe dans l'embrasure. Mulligan avance d'un pas assuré vers le fond de la pièce. Il se penche dans un coin et appuie sur l'une des dalles noires du sol. La pierre s'enfonce et quatre autres se dérobent autour d'elle : une trappe, imperceptible à l'œil nu. Je m'avance et aperçois une volée de marches qui s'enfoncent vers le sous-sol. L'Irlandais a actionné la lampe-torche de son téléphone. Je fais de même et glisse l'appareil dans la poche de mon polo. Diane pousse le cadavre du pied dans notre direction. Je le tire par les mollets et le rapproche de la trappe. Mulligan a déjà descendu quelques marches et sa tête dépasse à peine de la cavité.

– Tourne-le.

Je m'exécute. Il attrape Bruno par les épaules et le tire à l'intérieur du caveau. Je m'empare des chevilles pour l'aider à gagner sa dernière demeure dans une relative dignité. Le sous-sol du mausolée est sensiblement de la même taille que la pièce du dessus. Une tombe se découpe près du mur du fond, coiffée d'une simple croix de bois, et gravée de ces quelques mots, tracés à la main : Malcolm Radford (1900-1938). Diane nous a rejoints et elle s'interrompt quelques instants. Son regard est vide. Un sourire pincé se dessine sur ses lèvres.

– C'est donc ici qu'il se trouve depuis tout ce temps ?

Mulligan avale une grande bouffée de l'air sépulcral. L'endroit sent l'humus, la mer, la mousse, la poussière.

– Oui.

– Pourquoi tu ne me l'as jamais dit ?

– Parce que tu ne me l'as jamais demandé.

Le sol est recouvert de terre battue. Il va falloir creuser. Mulligan n'a pas l'air de s'en soucier.

– Va me chercher la pelle.

Diane remonte, revient quelques instants plus tard et lui tend l'outil. Elle s'assoit sur les marches et le regarde planter la lame dans la terre sèche et l'évacuer par gros blocs. Au bout d'un quart d'heure, je prends le relais. La cavité est bientôt assez profonde pour y déposer le cadavre. Nous le tirons jusque dans cette tombe de fortune où il s'installe, dans la position d'un fœtus. Je remarque dans la poche de son pantalon un carnet qui dépasse. Je m'en saisis. Des pelletées le recouvrent peu à peu et il disparaît dans les ténèbres. Loin de ce pays pour lequel il s'est battu, pour lequel il est mort.

– Une prière pour ton ami ?

J'hésite. Quel est le saint patron des traîtres ? Judas Iscariote ? Je suis sûr qu'Abdel part en paix, certain d'avoir péri pour la cause. Je lui souhaite de trouver où il va son paradis personnel : nuée de vierges, grand soir, révolution permanente, walhalla.

Diane s'approche de la tombe et murmure une litanie de mots sans suite, dans ce sabir incompréhensible qu'elle marmonnait déjà lorsque je l'avais surprise dans la chapelle de l'ermitage.

– Salut Bruno… à bientôt en enfer.

47. Cadaqués, mai 2028.

Nous nous sommes tous retrouvés à l'ermitage. Diane a tenu à ce que nous nous réunissions dans la chapelle, pour confesser nos fautes à la vierge. Nous n'avons pourtant été qu'une bande de Sant Jordi terrassant le dragon de la haine. Elle s'est prostrée sur les marches face à l'autel et nous nous sommes agenouillés sur le banc d'en face, tous les quatre, côte à côte. Je me demande plus que jamais quelle langue elle parle, l'araméen, le gaélique, l'atlante ? Le mermish, le sirénien ?

Elle tient à la main un bout de papier. J'ai l'impression qu'il s'agit d'une photo. Du coin de l'œil, j'observe Mulligan. Il pleure.

La reine des sirènes se lève et se tourne vers nous. Elle s'approche de Carlos, lui tend la photo. Il la regarde, se met à sangloter. Elle l'embrasse sur le front. Elle passe la photo à Alex. Il la contemple, les yeux embués. Elle dépose un baiser sur son front. Mulligan chiale comme un bambin. Il saisit le cliché dans ses grosses paluches. Elle le bise du bout des lèvres.

Je n'ai pas de larmes à verser.

Je suis mort, après tout.

L'image en noir et blanc représente quatre hommes, à genoux sur le même banc que le nôtre, en train de prier. Chacun des trois premiers ressemble étonnamment à Carlos, à Alex, à Mulligan. Le quatrième est mieux vêtu – gilet, veston, montre à gousset. Si j'en crois les photos retrouvées lors de mes recherches sur Internet, il s'agit de Malcom Radford.

À un signe de Diane, nous nous levons. Elle nous asperge d'eau bénite.

– Et maintenant, ordonne-t-elle, allons boire le vin de messe !

– C'était en décembre 1938, un peu avant Noël, reprend Mulligan, un litron de rosé à la main.

Il s'adresse à moi d'un ton docte, comme un vieux prof à un élève un peu borné.

– L'arrière-grand-père de Carlos et celui d'Alex sont montés à l'ermitage pour régler son compte à Malcolm. Ils n'avaient pas le choix. Depuis des mois, Radford accueillait des militants franquistes, des curés réfractaires et leur faisait passer la frontière. C'était de la haute trahison. Mon aïeul les a reçus et est convenu que l'exécution était justifiée. Mais il a accédé à la dernière volonté de ton arrière-grand-oncle, Diane : une messe pour le salut de son âme dans la chapelle avant d'être abattu. Comme il ne reconnaissait à aucun de ses bourreaux le droit d'officier, il a demandé à Diane, sa sœur, de prononcer cette dernière prière. La messe dite, ils l'ont attaché, l'ont emmené par le vieux chemin de San Sebastián et l'ont tué à l'endroit où se trouve aujourd'hui le monument à Federico García Lorca. Puis ils sont allés l'enterrer dans le petit cimetière de Sant Bartaldi. C'est resté un secret entre eux, qu'ils ont conservé jusqu'à leur mort. Mon arrière-grand-père l'a confié à son fils.

– Et le mien au mien, s'écrie Alex.

– Idem, confirme Carlos.

Diane débouche une nouvelle bouteille du rosé de Carmen et pose ses lèvres sur le goulot. Elle ingurgite le vin comme du petit lait avant de reprendre son souffle dans un râle de plaisir. Elle tend vers mes amis un doigt accusateur.

– Mais vos ancêtres ont entre eux un lien encore plus fort que l'assassinat de Malcolm…

Je lève mon verre pour intervenir. Je me tourne vers la Reine des sirènes.

– Laisse-moi deviner…

Puis vers mes complices.

– Lorsque vos aïeux ont choisi d'exécuter Malcolm, sa sœur, Diane, était enceinte. Mais enceinte de qui ?

Le silence se fait pesant.

Alex hausse les épaules et rote.

– Nous ne le saurons jamais. Mais les trois jeunes gens étaient persuadés d'être le père de Daphné. C'est pour ça qu'ils n'ont pas arrêté Diane en même temps qu'ils exécutaient son frère, alors qu'Anna Maria Dalí et d'autres fils et filles de bonne famille étaient emprisonnés ou abattus.

Je m'étonne pourtant d'un détail qui ne colle pas dans le tableau.

– Tu parles des trois jeunes gens, mais le vieux Mulligan, qui a élevé Diane, ne peut pas être le père de sa fille !

Mulligan me détrompe d'un lent hochement de sa lourde tête.

– Non, il s'agit de son fils, de mon grand-père, avec qui elle a grandi comme un frère. Tous ces jeunes gens étaient très proches, et mon père m'a toujours dit que Diane était du côté des Républicains, et que c'est aussi pour ça qu'ils l'avaient épargnée.

Nous levons nos verres à la République, à toutes les républiques. À la liberté, à la fraternité.

– Pour résumer, reprends-je, vous êtes tous quoi ? Cousins ?

– Ou pas ! s'écrie Diane.

Elle se lève péniblement et je remarque seulement alors qu'elle tient à la main son vieux Beretta. Elle l'agite mollement devant elle en se balançant d'une jambe sur l'autre.

– Figurez-vous, dit-elle, que j'ai retrouvé une lettre de Diane, où elle donne le nom du véritable père de Daphné. L'un d'entre vous est donc mon cousin. Les deux autres ne sont que les descendants des assassins de Malcolm. Je vais donc venger la mémoire de mon ancêtre.

Elle pointe l'arme en direction de Carlos, qui sursaute et recule.

Elle appuie sur la gâchette.

Clic.

Elle éclate de son rire chevalin.

– Aimons-nous les uns les autres !

48. Cadaqués, mai 2028.

Élégie à la mer morte

Plus je vis
Et moins j'ai d'avis.
Plus je pense que tous ont raison,
Que tous ont peur, que tous ont tort
Et que ma place est sur le port,
Le dos tourné à vos maisons,
Les yeux rivés sur l'horizon,
Le cœur accroché à la mer,
À l'espoir qu'elle revienne encore,
Que son départ est éphémère.
Les soirs de grande marée
Sont des départs pour le néant,
De longs adieux aux égarés,
Que pleurent les cris des goélands.
Un jour, elle ne rentrera pas
Ne laissant qu'une lune rose
Effacer le bruit de nos pas
Teinter nos peaux de couperose.
Dans le dernier des bars de nuit
Nous n'aurons plus rien à nous dire,
Noyés dans l'éternel ennui,
De la plage à perte de rire.
On verra arriver du sud,
De sombres vaisseaux taciturnes,
Émissaires de nos solitudes,
Messagers de notre infortune.
Et puis ils se dissiperont,

Ces mirages de nos vies blafardes
Déchirés par les éperons,
Les épées et les hallebardes.
Certains mourront avec talent,
Avec bravoure, avec courage,
D'autres hurleront en s'en allant,
Sevrés d'amour, criblés de rage.
Je resterai là sur le banc,
À croire à l'ultime ressac,
Qui balaierait tous les tourments,
De notre monde mis à sac.
Quoi de plus triste que le sable
Qui n'a jamais vu l'océan ?
Et quoi de plus intarissable
Que le vent ?

Je suis resté assis sur le banc de bois, face à la mer. Le dos bien droit contre le dossier décharné. Les genoux serrés. C'est une poutre de bateau ravaudée par le sel, rivée au mur blanchi à la chaux par des écrous rouillés. En général, l'endroit est occupé par deux vieillards sans âge qui ne jugent même plus utile de se parler. Mais ce matin, ils sont à la messe, comme tout le monde. C'est un bel enterrement, on entend les cloches sonner jusqu'au Port de la Selva. Elles bourdonnent dans ma tête, vibrent au fond de mes tripes.

Mulligan a interdit que je m'approche de mes propres obsèques.

– Si tu viens, il y aura deux enterrements…

Il a raison. Ce n'est pas le moment de tout faire rater. Si quelqu'un me repère, me reconnaît. Et pourtant… Qui n'a rêvé d'assister à ses propres funérailles ? Je perçois l'écho lointain du sermon du prêtre dans la nef, les discours du maire, du ministre de la Culture, des autorités consulaires. Quelques journalistes de Barcelone sont venus. Ils ont enfilé une veste pour l'occasion. Des photographes se bousculent auprès du catafalque. Il est mort, le poète. Voilà qui va faire de jolis clichés, des gros titres faciles. À défaut de pouvoir observer dans l'église, dans le cortège, les mines éplorées de ceux qui m'ont à peine connu, de pouvoir admirer l'hypocrite gravité de Diane, d'Alex, de Carlos et de Mulligan, j'ai eu le privilège de lire ce matin ma « nécro » dans *La Vanguardia.*

« … Marceau avait 48 ans. Ses poèmes acerbes, ses portraits au vitriol des dignitaires et des dirigeants du nouveau régime, ses paroles de chansons, ses *lyrics* confiés à des rappeurs contestataires, en avaient fait l'une des figures de proue de la résistance à la *Révolution nationale.* Le régime avait longtemps toléré son impertinence avant d'interdire ses publications en mars 2026. Si sa popularité l'a un temps protégé des foudres des autorités, il a été condamné à mort par contumace après avoir abattu le dirigeant nationaliste Serge Frontera au cours d'un duel d'honneur provoqué par son adversaire, qui s'était jugé déshonoré par un portrait à charge publié dans la presse clandestine et abondamment diffusés sur les réseaux sociaux. À la suite de cette passe d'armes, au cours de laquelle les deux témoins de M. Frontera ont également été abattus, la cavale du poète avait commencé. Pourchassé par toutes les polices de son pays, il avait réussi à passer la frontière et à se réfugier à Cadaqués, où il avait ses habitudes. C'est dans la jolie station balnéaire de la Costa Brava que ses ennemis l'ont retrouvé, le conflit terminé, et ont exécuté, au mépris du respect du droit d'asile et des conventions internationales, la sentence de mort décrétée par le régime néo-fasciste. Rappelons que la peine de mort, rétablie par le gouvernement nationaliste, a été abolie en Catalogne comme dans le reste de l'ancienne Espagne en 1978 et que les deux pays n'ont plus d'accord d'extradition. »

Suivaient quelques extraits de mes poèmes les plus populaires. Ma photo noir et blanc, issue du service de presse d'un ancien éditeur, parlait de jours heureux, d'avenirs sereins et d'amours sans fin. Elle évoquait un monde révolu, éteint, un talent à jamais émoussé, une voix définitivement étouffée.

J'ai aussi parcouru le carnet de Bruno.

Édifiant.

Effrayant.

Je suis un mort vivant qui contemple la mer.

Une sorte de Hollandais volant à pied sec.

Un fantôme aux pays des sirènes.

Je suppose qu'Alex, Mulligan, Carlos Sr et Carlos Jr ont porté le cercueil d'Abdel jusqu'au corbillard. Qu'il s'est ébranlé doucement sur les pavés disjoints de la calade dégoulinant jusqu'au marché. Que de là, suivi par une foule distraite, il a pris la direction du petit cimetière où, bientôt, Abdel va rejoindre Bruno et la beauté marmoréenne de Soledad Sirenyona, ou plutôt de Diane Radford, première du nom.

À quoi pensent les morts ? Je vais le savoir à présent. Le deviner. J'accompagne du regard un goéland qui plane au-dessus du bouillon doré du port, prêt à y dénicher un vermicelle, un vermisseau. Son cri me rappelle à la vie. La suite est une page aussi blanche que la vieille muraille où je suis adossé.

Le cortège approche du parking de poussière.

Je me lève du banc, et prends la direction du sud, le long du quai.

Le corbillard s'immobilise devant la chapelle de Sant Bartaldi.

Je passe devant l'atelier d'Alex sous les arcades.

Quatre hommes sortent le cercueil et le hissent sur leurs épaules.

Je rase le mur du Havana Café, la grande maison bleue peinte par Dalí, la plage de Llan Grand.

La dépouille pénètre dans le petit cimetière. Abdel n'a pas eu les honneurs de la crémation. Il ne va pas rejoindre les rangées de tiroirs chamarrés d'images pieuses et de souvenirs clinquants. Son corps pourrira dans la terre de Cadaqués, dévoré par la même famille d'asticots que Bruno ou Malcolm Radford, charognards et mangeurs de traîtres de père en fils. Sous une dalle qui porte mon nom.

J'oblique sur la droite pour rejoindre le raidard du vieux chemin de San Sebastián. La vie reprend, la vie n'a jamais cessé, la vie commence. À mon passage, c'est un concert, un chœur de bienvenue. Cigales, criquets, oiseaux moqueurs, la tramontane agite les figuiers comme des mobiles de Calder. Merci de cet accueil. La terre se dérobe sous mes pieds pour me laisser monter plus vite.

Un pays où la majorité des gens défendent l'indéfendable est-il encore ton pays ?

Abdel et Bruno ont répondu à la question.

Je rentre à la maison.

49. Cadaqués, avril 2029.

Je suis redescendu au petit cimetière, me recueillir sur ma propre tombe. C'est un matin ensoleillé d'avril, et la statue de Soledad Sirenyona scintille d'un halo paisible, comme si elle venait de se réveiller. Je m'approche et soudain, mon esprit vrille. Je ne sais pas précisément quand Josep Llimona a réalisé sa sculpture, mais certainement très peu de temps après la mort de Soledad. Or elle est décédée en 1917. Diane Radford avait sept ans. Elle ne peut donc pas être le modèle qui a inspiré l'artiste. Et pourtant c'est elle, sans aucun doute… alors qui ?

Daphné est une vraie sauvageonne. Elle rentre tous les soirs les genoux égratignés, ses lunettes brisées, ses collants déchirés. Quand elle arrive, la première chose qu'elle fait est de les enlever pour retourner courir au milieu des herbes folles, jouer avec les chats, le soleil et le vent. C'est fou comme, déjà, elle ressemble à sa mère. Des expressions, des profils, des fossettes, des éclats de rire. Nous l'élevons comme si elle était notre fille. Les enfants de Carmen sont grands et sont partis étudier, l'une à Barcelone, l'autre en Argentine. Elle dit qu'elle retrouve une deuxième jeunesse à s'occuper de Daphné. Moi, je la trouve éternellement jeune, resplendissante de cette beauté définie voilà des millénaires par les Crétoises ou les Étrusques. Je la fais sourire avec mes allusions historiques, elle me regarde par en dessous avec un air de reproche amoureux, mais elle porte en elle toute l'âme de cette terre qui est désormais la mienne. Par sa présence, par son aura, par sa chair, elle m'a adopté. Je me sens de plus en plus d'ici, autorisé à parler aux plantes, aux fleurs, aux pierres, au vent.

Je n'écris plus que pour moi et pour Daphné, des contes pour enfants, des comptines et des histoires idiotes qui la font rire. On y parle de sirènes, de nageurs sans jambes et de femmes sans tête, de fantômes bienveillants dans des cimetières ensoleillés. Elle gribouille des dessins saturés de bleu et de pourpre.

Diane vient de Londres une semaine par mois et c'est à chaque fois la joie intense des retrouvailles. Elles sont fusionnelles, elles sont identiques, les deux derniers maillons indomptables de leur lignée. Je n'y suis pour rien, mais je suis quand même fier d'elles. Avec Carmen, elles illuminent cette deuxième vie qui s'annonçait si terne, si sombre.

Elles ont fait renaître en moi un mot dont j'avais oublié le sens : l'espoir.

À l'école, Daphné dit que je suis son père.

Pourquoi pas ? Je ne veux pas le savoir. Les sirènes ne se reproduisent que par la mère. Et je suis seulement heureux, reconnaissant d'être parfois la plage, la crique, le ponton où elles se reposent.

Cadaqués, le 22 avril 2022
et le 7 octobre.

Du même auteur

La Faute à Dégun, Méditorial, 1996

Qui a tué Monsieur Cul ?, Librio Noir, 1997

Qui a noyé l'Homme Grenouille ?, Librio Noir, 1998

Bonne Mère, L'Écailler du sud, 2000

Qui a occis le curé ?, L'Écailler du sud, 2000

Qui a brûlé le Diable ?, Librio Noir, 2002

Sang et mort, Adcan Éditions, 2002

Sans queue ni tête, L'Écailler du Sud, 2003

Anges à tuer rue Paradis, (avec J.-C. Duchon-Doris), L'Écailler du sud, 2003

Qui a planté Harry Cover ?, L'Écailler du sud, 2005

Tontons, Éditions Rouge Safran, 2007

Le Maillot jaune s'est échappé, Éditions Comédia, 2010

Consulting, Éditions Au-delà du raisonnable, 2010

Les Anneaux de la honte, L'Archipel, 2012

Marseille, une biographie, Stock, 2013

Marseille confidential, Plon, 2018

La Fille au caoutchouc, Au-delà du raisonnable, 2018

Marseille brûle-t-il ?, Éditions Gaussen, 2021

Achevé d'imprimer en France en mars 2024
sur les presses de l'imprimerie SEPEC Numérique, à Péronnas.

Dépôt légal : mars 2024

IMPRIM'VERT®

PEFC 10-31-3532 / Certifié PEFC / Ce produit est issu de forêts gérées durablement et de sources contrôlées. / pefc-france.org